劍 物 步

고검독보

고검둑보 5

천성민 新무협 판타지 소설

초판 1쇄 찍은 날 § 2017년 2월 13일
초판 1쇄 펴낸 날 § 2017년 2월 20일

지은이 § 천성민
펴낸이 § 서경석

편집책임 § 이지연

펴낸곳 § 도서출판 청어람
등록번호 § 제387-1999-000006호
등록일자 § 1999. 5. 31
어람번호 § 제2-2700호

주소 § 경기도 부천시 부일로 483번길 40 서경B/D 3F (우) 14640
전화 § 032-656-4452 팩스 § 032-656-4453
http://www.chungeoram.com
E-mail § chungeorambook@daum.net

ISBN 979-11-04-91201-6 04810
ISBN 979-11-04-91053-1 (세트)

⑤

천성민 新무협 판타지 소설

FANTASTIC ORIENTAL HEROES

고검독보

도서출판 청어람

고검독보

第一章

피의 지도를 그리다

타닥! 타다닥!

높게 쌓인 마른 장작이 타오르며 거센 불길이 어두운 하늘 높이 치솟았다. 모든 것을 태워 버릴 듯 강렬한 불길 속에는 한 사내의 시신이 누워 있었다. 사진량이 천뢰일가의 가주가 되는 것을 지켜본 후 조용히 잠들 듯 죽음에 이른 양기뢰의 시신이었다.

본래라면 성대한 장례식을 치러야 할 테지만 그럴 수가 없었다. 사진량의 신분을 증명하기 위해 내세운 양기뢰의 대역이 대회합에서 죽음에 이른 탓에 양기뢰의 장례식은 이미 공개적으로 치러진 후였다.

이제 와서 그때 죽은 것은 사실 양기뢰의 대역이었다고 밝힐 수는 없는 노릇이었다. 대역을 썼다는 것이 알려진다면 오랜 세월 쌓아온 천뢰일가의 명예에 스스로 먹칠을 하는 것과 마찬가지였으니.

때문에 진짜 양기뢰의 죽음은 사진량과 양지하를 비롯한 몇몇을 빼고는 누구에게도 알려지지 않았다. 장례식도 은밀히 치르는 수밖에 없었다. 봉분도 남길 수 없는 터라 선택할 수 있는 것은 화장(火葬)뿐이었다.

양기뢰의 시신은 가주의 직계에만 은밀히 전해지는 비밀 통로를 통해 천뢰일가의 외부로 옮겨졌다. 비밀 통로의 출구는 천뢰일가를 내려다볼 수 있는 돌산의 중턱 즈음이었다. 워낙에 가파르고 길이 나지 않은 야산이라 사람들이 접근하지 않아, 비밀리에 장례를 치르기에는 최적의 장소였다.

화장을 준비한 것은 미리 도착해 있던 장일소와 남궁사혁이었다. 장례식에 참석한 이는 사진량을 포함해 모두 다섯뿐이었다.

사진량과 양지하, 장일소와 남궁사혁, 그리고 그동안 병상에 누운 양기뢰의 곁을 마지막 순간까지 지켜온 가노 한 사람.

그들 다섯 사람은 거센 불길로 타오르는 양기뢰의 시신을 가만히 쳐다보고 있었다. 가노의 눈에는 멈추지 않는 눈물이 흐르고 있었다.

"가, 가주님……."

양지하도 아무런 말없이 눈물이 맺힌 눈으로 가만히 불길을 쳐다보았다. 사진량은 눈 하나 깜짝하지 않고 특유의 무표정한 얼굴을 하고 있었다. 남궁사혁은 가만히 양지하의 한 걸음 뒤에서 그녀의 모습을 쳐다보고 있을 뿐이었다. 장일소는 그저 침통한 얼굴을 하고 있었다.

타닥! 타다닥!

어디선가 바람이 불어오자 불길이 더욱 거세게 타올랐다. 높이 쌓은 장작이 불타며 그대로 와작, 하고 무너졌다. 불길 속에서 양기뢰의 시신은 더 이상 보이지 않았다. 주위를 집어삼킬 듯 맹렬한 불꽃만이 가득할 뿐이었다.

사진량을 비롯한 다섯 사람은 거칠게 타오르는 불길을 그 자리에 미동도 하지 않고 가만히 지켜보고 있었다. 한 시진이 지나 어둡던 주위가 서서히 밝아질 무렵에야 불길은 서서히 사그라졌다.

불이 완전히 꺼지자 눈물 가득한 얼굴로 장일소와 가노가 불타고 남은 잿더미에 다가갔다. 서로 마주한 두 사람은 말없이 잿더미를 뒤졌다.

다 타버린 재라고는 하지만 아직까지 열기가 남아 있었는데도 두 사람은 아랑곳하지 않았다. 이내 잿더미 속에서 양기뢰의 유골을 갈무리한 두 사람은 그것을 작은 항아리에 담았다.

"가주께서는 죽어서도 항상 천뢰일가를 지켜볼 것이라고 입버릇처럼 말씀하셨지요."

양기뢰의 유골이 담긴 항아리를 품에 안은 가노가 여전히 눈물을 흘리며 울음기 섞인 음성으로 조용히 중얼거렸다. 가노는 그대로 천천히 사진량에게 다가가 양기뢰의 유골이 담긴 항아리를 내밀었다.

"뭔가?"

사진량의 무심한 질문에 남궁사혁이 혀를 차며 대꾸했다.

"하여튼 저 눈치라고는 개미 콧구멍만큼도 없는 놈 같으니라고. 네 손으로 좋은 곳에 모셔달라는 소리 아니냐."

"그런가……?"

남궁사혁의 핀잔에 사진량은 여전히 무표정한 얼굴로 가노와 눈을 마주했다. 가노는 별다른 대답 없이 가만히 고개를 끄덕였다. 사진량은 손을 뻗어 유골이 담긴 항아리를 받아 들었다.

"부디 좋은 곳에 모셔주십시오, 가주……."

가노는 부르르 떨리는 손길로 항아리를 건네고는 그대로 허리를 깊이 숙였다. 사진량은 한 손에 항아리를 든 채 짧게 대답했다.

"알겠다."

그대로 돌아선 사진량은 천천히 돌산을 둘러보기 시작했다. 거대한 돌로 이루어진 돌산은 험난하기 짝이 없어 보였다.

비밀 통로의 출구가 있는 곳까지는 보통 사람이라도 억지로 올라올 수는 있는 정도였다. 하지만 그 위는 아예 오르려고 해도 그럴 수 없을 정도로 기암괴석(奇巖怪石)이 가득했다. 상급 무인이라 해도 쉽사리 오르지 못할 정도였다.

그런 돌산의 꼭대기 즈음에 적당한 장소가 보였다. 기암괴석 사이에 그리 넓지는 않았지만 평평한 공간이 한 군데 있었다. 딱 보기에도 천뢰일가 전체가 내려다보이는 위치였다.

"다녀오겠다."

말을 마친 사진량은 그대로 몸을 날렸다.

파팟!

낮은 파공음과 함께 사진량의 신형이 순식간에 시야에서 사라졌다. 사진량의 움직임을 알아본 것은 단 한 명, 남궁사혁뿐이었다.

남궁사혁은 사진량을 좇아 고개를 돌렸다. 거친 기암괴석이 조금도 방해되지 않는 듯 사진량은 빠른 속도로 정상을 향해 오르고 있었다. 그 모습을 가만히 지켜보며 남궁사혁이 중얼거렸다.

"짜식, 티는 안 내도 마음이 쓰이긴 하나 보지? 제법 괜찮은 곳을 고른 것 같은데?"

타탓!

사진량은 조금의 표정 변화도 없이 기암괴석을 박차고 돌산을 빠르게 오르고 있었다. 내공 수위가 절정에 이른 고수라 해도 억지로 길을 만들면서 올라야 할 정도로 험난하기 짝이 없는 돌산이었지만, 사진량은 조금의 흐트러짐이 없었다.

억지로 길을 만들며 나아가는 것이 아니었다. 그저 부드럽게 바닥을 박차고 몸을 뻗어낼 뿐이었다. 사진량이 지나간 자리에는 조금의 흔적도 남아 있지 않았다. 그저 스치는 바람처럼 빠르게 지나칠 뿐이었다.

호흡 하나 흐트러짐 없이 사진량은 순식간에 돌산 정상 부근의 목적지에 도착했다. 창날처럼 울퉁불퉁 날카롭게 솟아오른 기암괴석 사이의 작은 공간이었다. 그리 넓진 않았지만 간신히 한 사람이 서 있을 수는 있을 정도였다.

멈춰 선 사진량은 한 손에 유골 항아리를 든 채 가만히 주위를 살폈다. 이내 유골 항아리를 자신의 옆에 조심스레 내려놓은 사진량은 천천히 검을 뽑아 들었다.

스릉!

낮은 금속성과 함께 짙은 묵빛 검신이 모습을 드러냈다. 사진량은 그대로 검을 이리저리 내리 그었다.

스컥! 서걱!

단단한 바위가 마치 두부 잘리듯 매끄럽게 잘려 나갔다. 눈 깜빡할 사이에 사진량은 바위를 잘라 작은 제단을 만들었다. 이내 납검한 사진량은 가볍게 손을 휘저어 잘라낸 돌무더기를 좌우로 치웠다. 그러곤 한쪽에 내려놓은 유골 항아리를 돌 제단에 조심스레 올려놓았다.

"거기서 잘 지켜보십시오. 어떻게 마도가 사라져 가는지 말입니다."

유골 항아리를 가만히 내려다보며 사진량은 나직이 중얼거렸다. 천천히 돌아선 사진량은 그대로 훌쩍 몸을 날려 왔던 길을 되돌아가기 시작했다. 순식간에 돌산 아래로 떨어져 내리듯 사라지는 사진량의 등 뒤로 바람이 불어와, 주위의 돌가루를 흩날렸다.

휘이이잉!

남겨진 유골 항아리가 마치 천뢰일가를 내려다보는 듯 그 자리에 가만히 놓여 있었다.

"이제 오는군요."

남궁사혁이 빠른 속도로 다가오는 사진량의 모습을 쳐다보며 나직이 중얼거렸다. 일행의 시선이 일시에 남궁사혁이 쳐다보고 있는 방향으로 향했다. 정상 근처에서 무언가 빠른 속도로 다가오는 것이 보였다.

사진량이었다.

일행은 가만히 사진량이 도착하기를 기다렸다. 순식간에 가까워진 사진량이 양지하와 장일소 사이에 가볍게 내려앉았다. 잔잔한 미풍처럼 다가온 사진량을 쳐다보며 양지하가 물었다.

"무사히 잘 모셨나요?"

사진량은 가만히 고개를 끄덕이며 대답했다.

"천뢰일가가 사라지지 않는 한 영원히 지켜보실 수 있을 거다."

무뚝뚝하지만 신뢰감을 주는 낮은 음성이었다. 양지하는 눈가에 맺힌 눈물을 손끝으로 살짝 훔쳤다.

"고마워요."

그러곤 사진량을 향해 고개를 깊이 폭 숙였다. 사진량은 여전히 무표정한 얼굴로 조용히 말을 이었다.

"해야 할 일을 한 것뿐이다."

남궁사혁이 조용히 다가와 사진량의 어깨를 툭툭 가볍게 두드렸다. 잠시 침묵이 흘렀다. 다들 묵묵히 양기뢰의 유골 항아리가 있는 돌산 정상 부근을 쳐다보고 있었다.

어느샌가 산 너머로 해가 반쯤 모습을 드러내고 있었다. 침묵을 먼저 깬 것은 남궁사혁이었다.

"이제 돌아가 봐야 하지 않겠습니까, 양 소저?"

남궁사혁의 말에 양지하는 가만히 고개를 끄덕이며 천천히 돌아섰다. 양지하는 비밀 통로의 출구로 천천히 다가갔다.

쿠구구구!

닫혀 있는 돌문의 근처에 있는 기관 장치를 누르자 낮은 소음과 함께 문이 열렸다. 양지하는 비밀 통로 안으로 한 걸음 들어간 후, 나머지 일행을 향해 고개를 돌렸다.

"그럼 돌아가서 본가에서 뵙도록 하지요."

그 말을 남긴 후, 양지하는 그대로 비밀 통로 안으로 모습을 감췄다. 여전히 눈물을 소리 없이 훔치고 있던 가노가 양지하의 뒤를 따라 비밀 통로 안으로 조용히 걸음을 옮겨갔다.

"자아, 그럼 우리도 내려가 볼까요?"

남궁사혁은 입꼬리를 살짝 말아 올리며 남아 있는 다른 두 사람, 사진량과 장일소를 쳐다보며 말했다. 이내 사진량을 비롯한 남은 세 사람은 말없이 돌산 아래로 몸을 날렸다.

파파팍!

*　　　　*　　　　*

사방이 피비린내로 가득했다.

삼십여 가구가 모여 사는 작은 마을.

보통 때라면 저녁 준비를 하느라 부뚜막에서 연기가 피어오르고, 밖에서 뛰어 노는 아이들을 불러들이는 아낙의 외침이 터져 나올 즈음이었다.

하지만 그러한 일상의 모습은 어디에서도 찾아볼 수 없었다. 남녀노소를 가리지 않고 피투성이가 된 채 쓰러져 있는 마을 사람들의 모습만이 가득할 뿐이었다.

파팟!

죽음의 기운이 가득한 마을에 낮은 파공음과 함께 검은 그림자 서넛이 나타났다. 검은색 야행복 차림에 복면으로 얼굴을 가려 눈만 드러낸 사내들이었다.

"모두 다 처리했나?"

억양이 거의 느껴지지 않는 낮고 거친 음성이 누군가에게서 흘러나왔다. 조용히 들려온 질문에 나머지 흑의 복면인들은 당연하다는 듯 고개를 끄덕였다.

처음 질문을 던진 흑의 복면인이 품속에서 지도를 꺼내 자신들이 있는 마을의 위치를 붉은색 점으로 표시했다. 지도에 표시되어 있는 붉은 점은 서른 개가 넘었다.

"천뢰일가가 아직 제자리를 잡지 못하고 있을 때, 최대한 일을 많이 처리해야 한다. 목표치를 완수하려면 아직 멀었어. 바로 다음 지점으로 출발한다. 날이 밝기 전에 두 곳은 더 정리할 수 있겠군. 먼저 출발할 테니 너희는 깨끗이 뒷정리를 하고 따라와라."

나직이 중얼거리며 흑의 복면인은 지도를 곱게 접어 품속에 갈무리했다. 지도를 지닌 흑의 복면인의 말에 나머지 복면인들이 대답했다.

"존명."

대답을 들음과 동시에 지도를 지닌 흑의 복면인은 그대로 바닥을 박차고 어딘가를 향해 쏜살같이 달려 나갔다.

타닷!

남은 흑의 복면인들은 품속에서 호리병을 꺼내 들었다. 그러곤 마을 사람들의 시신에 호리병에 든 액체를 뿌리기 시작했다.

파스스……!

호리병 속 액체에 닿은 시신이 짙은 연기를 내뿜으며 빠른 속도로 녹아내리기 시작했다.

반 시진 후.

모든 시신을 깨끗이 처리한 흑의 복면인들이 마을을 떠났다. 한 시진 전까지만 해도 사람들로 북적이던 작은 마을은

순식간에 폐촌이 되어버렸다. 검은 사신의 짧은 방문으로 인
해……

 * * *

사진량이 정식으로 가주가 된 이후, 양지하는 오히려 이전
보다 훨씬 바빠졌다. 천뢰일가의 대소사를 전반적으로 도맡
아 하던 총사 은규태의 부재 때문이었다. 이전까지는 가주의
재가(裁可)가 필요한 중요한 일 말고는 대부분인 은규태가 알
아서 처리하고 있었던 탓에 실질적으로 양지하가 해온 일은
생각보다 많지 않았다.

하지만 이제는 총관의 일까지 양지하가 해야 하니 처리해
야 할 일이 두 배 이상으로 늘어난 셈이었다. 그 탓에 양지하
는 하루에 채 한 시진도 잠들지 못하고 있었다.

사실 구음절맥으로 인한 발작으로 평소에도 많아야 두 시
진 정도밖에 잠들지 못하던 터라, 잠이 부족하지는 않았다.
하지만 누적되는 정신적인 피로가 이전에 비해 배로 늘었다.
안 그래도 오대봉신가와의 대회합부터 연이어 벌어진 대사건
에 제대로 쉴 수가 없었던 것이다.

"하아……."

양지하는 뻑뻑해진 눈을 살짝 비비며 길게 한숨을 내쉬었

다. 벌써 사흘째 한숨도 못 자고 있었다. 그동안 대회합 및 취임식, 장례식을 준비하고 미뤄둔 일을 한꺼번에 처리하느라 눈코 뜰 새 없이 바쁜 와중이었다.

새삼 은규태의 업무 처리 능력이 대단했었다는 것을 깨달으며 양지하는 자신의 왼쪽에 쌓여 있는 서류를 집어 들었다. 물자 반입에 관한 서류였다. 빠르게 훑어보고는 허가 인장을 찍고 넘기고 다음 서류를 집어 들었다.

그런데.

"이, 이건……!"

저도 모르게 터져 나오는 낮은 신음. 자신의 손에 들려 있는 서류를 향한 양지하의 눈은 파르르 떨리고 있었다. 이내 양지하는 벌떡 일어나 밖으로 달려 나갔다.

타타탓!

"후우우우……."

사진량은 낮은 한숨을 내쉬며 천천히 눈을 떴다. 오랜만의 운기조식이라 그런지 생각보다 시간이 오래 걸린 것 같았다. 그래봐야 한 식경도 채 되지 않는 시간이었지만.

그것만으로도 충분했다. 사진량은 가부좌를 풀고 몸을 일으켜 침상에서 내려왔다. 땀에 젖은 탄탄한 근육질 상체가 드러났다. 사진량은 내공을 일주천시켜 땀을 순식간에 말린 후에 침상 옆에 대충 걸쳐 놓은 상의를 집어 들었다.

이내 옷을 다 입은 사진량은 다기를 꺼내 침상 옆의 탁자에 내려놓은 후, 소형 화로에 불을 붙여 물을 끓이기 시작했다. 내공으로 불을 지피자 순식간에 김이 피어오르기 시작했다.

물이 끓자 사진량은 찻잎을 꺼내 주전자 안에 털어 넣었다. 뜨거운 물에 차가 우러나 구수한 향이 피어오르기 시작했다. 차가 적당히 우러나자 사진량은 찻잔을 두 개 꺼내 잔을 채우기 시작했다.

똑똑!

막 두 잔째를 따를 무렵, 밖에서 문을 두드리는 소리가 들려왔다. 사진량은 고개를 돌리지 않고 차를 마저 따르며 조용히 말했다.

"들어와라."

곧장 문이 벌컥 열리고 양지하가 거친 숨을 몰아쉬며 방 안으로 들어왔다. 사진량은 가득 채운 찻잔을 자신의 맞은편에 밀어놓으며 말을 이었다.

"표정을 보아하니 무슨 일이 있나 보군. 급한 일이 아니면 이런 시간에 달려올 리가 없으니. 그래도 얘기를 제대로 하려면 한숨을 돌리는 게 좋겠군. 와서 앉아라."

잠을 제대로 못 자 지쳐 있는 데다 서둘러 달려온 터라 양지하의 얼굴은 새파랗다 못해 하얗게 질려 있었다. 심장이 터져 나갈 듯 두방망이질 치고 호흡은 거칠어질 대로 거칠어졌다. 그리 빨리 달려온 것은 아니었지만 안 그래도 구음절맥으로 심장이 약해 무리를 한 탓이었다.

"하아, 하아……!"

양지하는 다급히 말을 쏟아내려 했지만 나오는 것은 거칠어진 숨소리뿐이었다. 사진량은 그 모습을 흘끗 쳐다보더니 손가락을 튕겨 암경을 쏘아 보냈다. 양지하는 순간적으로 무언가가 자신의 허리 어림을 찌르고 안으로 파고드는 느낌이 들었다.

따뜻했다.

통증은 전혀 없었다. 그저 따뜻한 기운이 천천히 온몸으로 퍼져 나갈 뿐이었다.

거칠어진 호흡이 차츰 가라앉았다. 새하얗게 질린 얼굴에 핏기가 돌아오기 시작했다. 한 차례 길게 한숨을 내쉰 양지하는 그제야 사진량에게 가까이 다가가며 입을 열었다.

"그동안… 잊고 있던 중요한 일이 있었어요. 아마도 당신이 연관된 일이라고 생각되는데……."

"내가?"

사진량이 고개를 갸웃하자 양지하는 곧장 질문을 던졌다.

"혹 본가에 도착하기 얼마 전에 마인들을 상대한 적이 있지 않던가요?"

"그랬던 것 같군."

사진량은 가만히 고개를 끄덕였다. 양지하의 말이 빠르게 뒤이어졌다.

"그때 살아남았던 자가 지금 본가의 뇌옥에 갇혀 있어요. 원래 심문을 은 총사에게 맡겨두었었는데, 그 사이 큰일이 많이 생겨 까맣게 잊고 있었어요."

"그래서?"

"먼저 이것부터 보세요."

양지하는 가져온 서류를 탁자에 내려놓았다. 이십여 개가 넘는 붉은 표식이 표시되어 있는 지도와 조사 보고서였다. 사진량은 손을 뻗어 서류를 차분히 훑어보기 시작했다. 양지하는 가만히 사진량이 서류를 다 읽기를 기다렸다.

"흐음, 역시 일시적인 일이 아니었나 보군."

이내 서류를 다 읽은 사진량이 나직이 한숨을 내쉬며 중얼거렸다. 양지하가 자못 심각한 얼굴로 가만히 고개를 끄덕였다.

"지금까지 조사한 바로는 본가와 오대봉신가의 영역에서 움직이는 자들이 최소 네 무리 이상은 되어 보이더군요. 그중 하나는 당신이 처리했지만요. 뭔가 큰일을 벌이려는 게 틀림없어요."

"어쩌면 놈들이 소림과 화산에서 하던 일의 연장선상에 있는지도 모르겠군. 지금 뇌옥에 있다고 했던가?"

사진량의 말에 양지하는 고개를 끄덕이며 말했다.

"보러 갈 건가요?"

사진량은 대답 대신 천천히 몸을 일으켰다. 저벅저벅 문 앞으로 걸어간 사진량은 문고리를 잡은 채 흘낏 양지하에게로 고개를 돌렸다.

"잠시 다녀올 테니 차라도 마시고 있어라."

양지하가 무어라 대꾸도 하기 전에 사진량의 모습은 순식간에 시야에서 사라져 버렸다. 문이 열리는 기색도 못 느낀 양지하는 그저 멍한 눈으로 사진량이 서 있던 자리를 쳐다볼 뿐이었다.

이내 양지하는 나직이 한숨을 내쉬며 중얼거렸다.

"차나 마시고 있으라니. 하여튼 알 수 없는 사람이라니까."

그러면서도 양지하는 손을 뻗어 자신의 앞에 놓인 찻잔을 집어 들었다. 아주 뜨겁지도, 그렇다고 차갑지도 않게 적당히 식은 데다 떫은맛 하나 없이 잘 우려낸 차였다. 한 모금 살짝 들이켠 양지하는 저도 모르게 살짝 미소를 지으며 천천히 차를 음미하기 시작했다.

*   *   *

"끄으……."

어둠 속에서 낮은 신음이 흘러나왔다. 도대체 얼마나 먹지를 못한 것인지 뼈가 보일 정도로 비쩍 마른 사내가 온몸을 쇠사슬로 포박당한 채 바닥에 쓰러져 있었다. 신음만이 흘러나올 뿐 사내는 손가락 하나 꼼지락하지 못했다.

얼마나 오랫동안 이렇게 있었을까.

이곳에 갇힌 후 얼마나 오랜 시간이 지났는지 알 방법이 없었다. 온통 어둠만이 가득할 뿐이라 낮인지 밤인지도 가늠할 수 없었다. 그나마 천장의 틈새로 물방울이 떨어져 갈증을 해소할 수 있었다.

몸 상태가 정상이었다면 내공으로 오랫동안 먹지도 마시지도 않은 채 버틸 수 있었다. 하지만 혈도를 제압당한 상태라 그저 약간의 물만으로 간신히 버티고 있을 뿐이었다.

"끄, 끄으으……."

메마른 신음이 연신 조용히 흘러나왔다. 때마침 떨어진 물방울이 이마를 타고 흘러내려 입가를 적셨다. 바짝 말라 부르튼 입술에 약간의 윤기가 돌아왔다. 조금이지만 흐려져 가던 의식이 맑아지는 것 같았다.

그때였다.

끼이이익……!

낡은 경첩이 내지르는 비명이 어둠 속을 크게 뒤흔들었다. 뒤이어 누군가가 다가오는 조용한 발소리가 들려왔다.

저벅, 저벅!

발소리는 매달려 있는 사내의 바로 앞에서 멈췄다. 하지만 짙은 어둠 속이라 매달린 사내의 눈에는 아무것도 보이지 않았다. 매달린 사내는 그저 반쯤 뜬 눈으로 낮은 신음을 흘릴 뿐이었다.

"역시… 그때의 그놈이로군."

낯선 음성이 사내의 귓가로 흘러들었다. 동시에 무형의 기운이 몸을 두드리는 느낌이 전해졌다.

툭! 투툭!

굳어 있던 손끝이 바르르 떨리며 천천히 움직이기 시작했다. 하지만 매달린 사내는 자신의 변화를 눈치채지 못하고 있었다.

따악! 화륵!

갑자기 손가락을 튕기는 듯 낮은 마찰음이 터져 나왔다. 동시에 사내의 눈앞에서 거센 불꽃이 확 일었다. 갑작스런 밝은 빛에 사내는 저도 모르게 질끈 두 눈을 감았다. 오랫동안 빛 하나 들어오지 않는 어둠 속에 있다 보니 망막이 타들어가는 것 같은 통증이 느껴졌다.

"눈을 떠라."

그때 사내의 귓가에 거부할 수 없는 위엄이 담긴 낮은 목소리가 흘러들었다. 사내는 저도 모르게 천천히 눈꺼풀을 들어 올렸다.

눈앞에서 타오르는 불길에 주위가 환했지만 아무것도 보이지 않았다. 그저 타는 듯한 통증이 눈을 자극해 올 뿐이었다.

"끄으으……!"

절로 신음이 터져 나왔다. 시간이 지나자 차츰 통증이 잦아들었다. 아무것도 알아볼 수 없을 정도로 새하얗게 백화된 시야에 차츰 주위의 모습이 보이기 시작했다. 눈앞에 선 한 사내가 가만히 자신을 지켜보고 있는 것이 보였다.

사내는 한 손에 내공으로 일으킨 불꽃으로 주위를 밝히고 있었다. 아직 시야가 완전히 돌아오지 않아 그저 흐릿한 형체뿐이었지만.

"슬슬 정신이 드나 보군."

다시 들려온 낮은 음성에 매달린 사내가 가만히 자신의 앞에 선 사내를 쳐다보았다. 흐릿해진 시야가 조금씩 선명해지기 시작했다. 조금 더 시간이 지난 후에야 매달린 사내는 자신의 눈앞에 있는 자를 알아볼 수 있었다.

자신의 동료를 순식간에 도륙하고 자신을 제압한 사내, 사진량이 눈앞에 있었다. 사진량을 알아본 매달린 사내의 눈동자가 놀람으로 파르르 떨렸다. 그것을 본 사진량의 입꼬리가 살짝 말려 올라갔다.

"그때는 어쩔 수 없이 그냥 넘어갔지만 이번엔 다를 거다. 기대해도 좋아."

사진량의 낮은 으름장에 매달린 사내는 오한을 느끼고는 저도 모르게 어깨를 부르르 떨었다.

끼이이! 철컹!

낡은 뇌옥의 문이 열렸다가 닫히는 소리가 조용히 울려 퍼졌다. 어둠 속에서 누군가 천천히 걸어 나오는 소리가 뒤이어 들려왔다.

저벅! 저벅!

뇌옥을 벗어나는 발걸음 소리 뒤로 꺼져 들어가는 낮은 신음이 조용히 흘러나왔다.

"으, 으으……."

어둠 속에서 들려오는 신음을 뒤로하고 사진량은 천천히 뇌옥 밖으로 걸음을 옮겨 나갔다.

'도대체 무슨 일을 꾸미고 있는 건가, 혹야?'

＊　　　＊　　　＊

천뢰일가의 대회의실.

가주인 사진량을 비롯해 천뢰일가의 수뇌부라고 할 수 있는 사람들이 한자리에 모여 있었다. 수뇌부라고 해봐야 숫자는 고작해야 네 사람뿐이었다.

네 사람이 둘러앉은 등근 탁자 위에는 천뢰일가를 중심으로 그려진 커다란 지도가 펼쳐져 있었다. 오대봉신가의 영역과 맞닿은 곳까지 그려진 지도에는 수십여 개의 붉은 점이 가득 표시되어 있었다.

다들 자못 심각한 얼굴로 사진량의 이야기를 들으며 지도의 붉은 점을 내려다보고 있었다.

"그러니까 네노… 아니, 가주의 말은 전에 소림이나 화산에서의 일이 근래에 이곳에서 벌어지는 사건이랑 관련이 있다는 거냐?"

사진량의 이야기가 끝나자 남궁사혁이 조용히 질문을 던졌다. 남궁사혁은 평소처럼 막 부르려다 흘낏 양지하와 장일소의 눈치를 보며 말을 조금 달리 했다. 그 모습에 사진량은 별다른 표정 변화 없이 고개를 끄덕였다.

"아무래도 그런 것 같다."

"흐음… 이상하군요. 그때 화산에서 일을 벌인 자들은 용맥을 자극해 화산파를 무너뜨리려고 한 것이라고 하지 않았습니까, 가주?"

화산비검회에서 있었던 일을 떠올리며 장일소가 조용히 물었다. 사진량의 대답이 곧장 이어졌다.

　"그것만을 위한 것이라고 하기에는 일을 너무 크게 벌인 것 같지 않나? 소림에서의 일도 그렇고 말이야."

　"그렇긴 합니다만……."

　사진량의 말에 장일소는 말꼬리를 흐렸다. 그때 남궁사혁이 불쑥 양지하에게 물었다.

　"양 소저께서는 어찌 생각하십니까?"

　갑작스레 날아든 질문에 양지하는 저도 모르게 어깨를 움찔했다. 하지만 이내 나직이 한숨을 내쉬며 천천히 입을 열었다.

　"섣부른 예단(豫斷)은 금물이에요. 직접적인 증거나 증언이 없으니 제 판단은 보류하도록 하죠. 그렇다고 이대로 내버려 둘 수는 없는 노릇이니……. 밀단을 좀 더 활용해야겠군요. 그런데… 이 근방에서 벌어지는 일이야 본가에서 상세히 조사할 수 있긴 하겠지만 중원 쪽은 어쩔 셈이죠?"

　"그건……."

　사진량이 말꼬리를 흐리며 흘깃 남궁사혁을 쳐다보았다. 기다렸다는 듯 남궁사혁이 씨익 미소를 지으며 말했다.

　"중원 쪽은 제가 맡겠습니다. 개방의 협조를 받으면 될 겁니다."

"개방이요?"

"네. 어쩌다 보니 개방과 깊은 인연이 닿아서 말입니다. 하핫! 개방을 통한다면 정사연합무맹까지 움직일 수 있을지도 모릅니다, 양 소저."

뒷머리를 긁적이며 멋쩍은 듯 웃음 짓는 남궁사혁의 말에 양지하는 고개를 살짝 내저으며 대꾸했다.

"그건 안 돼요. 최대한 개방의 협조만 받아 은밀히 조사를 하는 게 좋을 거예요. 무맹에 흑야의 간자가 없다는 보장이 없으니까요."

"그렇긴 합니다만……."

양지하의 말이 옳았다. 지난 수백 년 간 흑야를 상대해 온 천뢰일가의 요직에도 간자가 있을 정도였으니, 급하게 만들어진 정사연합무맹에 없을 리가 없었다. 자칫 섣불리 나섰다간 타초경사의 우를 범할 수도 있는 노릇이었다. 남궁사혁은 머뭇거리며 말꼬리를 흐렸다.

무표정한 얼굴로 두 사람의 대화를 듣고 있던 사진량이 조용히 입을 열었다.

"중원 무림 쪽은 일단 개방에게 맡기도록 하지. 소림과 화산이 빠진 무맹이라면 그리 큰 도움이 될 것 같지도 않으니 말이야. 굳이 불안 요소를 감수할 이유는 없지."

"동감이에요."

양지하가 동의를 표하며 고개를 끄덕였다. 장일소도 고개를 끄덕이며 조용히 맞장구쳤다.

"맞습니다. 그리고 개방도 최소한의 인원에게만 사실을 알리는 게 좋을 겁니다. 당분간은 은밀함을 유지하는 것이 중요합니다. 놈들이 다시 잠적할 수도 있는 노릇이니 말입니다."

"흐음, 그렇겠군요."

그제야 남궁사혁은 나직이 한숨을 내쉬며 고개를 끄덕였다. 사진량의 조용한 음성이 곧장 뒤이어졌다.

"그러면 중원 무림의 일은 개방의 도움을 받는 걸로 하지. 개방과의 연락은 사혁, 네가 책임지고 맡아라."

"거야 당연하지."

남궁사혁은 주먹으로 자신의 가슴을 두드리며 자신 있게 말했다. 어차피 실질적인 연락책은 자신의 몸종인 오귀에게 떠넘길 테지만 굳이 그런 사실을 이 자리에서 언급할 생각은 눈곱만큼도 없었다. 그저 자신의 믿음직한 모습을 양지하에게 보일 생각뿐.

남궁사혁은 어깨를 잔뜩 부풀어 올리며 흘끗 양지하를 쳐다보았다. 하지만 양지하는 남궁사혁을 보지 않고 있었다.

남궁사혁은 낮게 헛기침을 하며 계속 양지하의 눈치를 살폈다. 하지만 양지하는 여전히 남궁사혁을 보지 않았다. 그저 자못 심각한 얼굴을 한 채 자신의 맞은편에 앉아 있는 사진량을 쳐다보고 있을 뿐이었다.

"그런데 혹시나 예전에 놈들을 상대한 본가의 기록이 남아 있나?"

조용히 날아든 사진량의 질문에 양지하는 한 차례 어깨를 움찔하더니 바로 대답했다.

"본가의 중앙 서고에 있을 거예요. 그런데 그건 왜⋯⋯?"

"어쩌면 지금 벌어지는 일과 비슷한 경우가 있을지도 모르니, 알아보는 것이 좋을 거다."

사진량의 말에 양지하는 고개를 끄덕였다.

"그렇군요. 그럼 그쪽은 제가 알아보도록 하죠."

"너무 무리하지는 마라."

무뚝뚝하지만 자신을 걱정하는 사진량의 말에 양지하는 빙긋 미소를 지었다.

"괜찮아요. 이래 봬도 십 년이 넘게 별문제 없이 본가를 이끌어왔으니까요. 제 몸 상태는 누구보다 잘 알고 있으니 무리하진 않을 거예요."

"하긴, 그도 그렇군⋯⋯. 그러면 부탁하지."

"맡겨주세요."

양지하의 조용한 대답에 사진량은 가만히 고개를 끄덕였다. 과거에 비슷한 일이 있었다면 흑야가 노리는 바를 알아낼 수 있을지도 모른다. 그런 사진량의 생각을 금세 알아차린 양지하였다.

"그럼 더 할 얘긴 없는 것 같군. 이만 끝내도록 하지."

사진량은 천천히 몸을 일으키며 말했다. 몸을 일으킨 사진량이 막 밖으로 나가려 하자 갑자기 무언가 떠오른 양지하가 뒤따라 몸을 일으키며 다급히 입을 열었다.

"잠깐만요."

걸음을 멈춘 사진량이 고개를 돌리며 물었다.

"뭐지?"

"취임식에 참가했던 무림인들을 그들이 그냥 내버려 둘까요?"

양지하의 질문에 잠시 생각하던 사진량은 이내 고개를 내저으며 답했다.

"아니, 분명 그들을 노릴 거다. 중원 무림을 약화시킬 좋은 기회이니."

"그렇다면 이대로 있을 수는 없잖아요. 도움을 주진 못하더라도 주의하라고 알려줘야 하지 않을까요?"

"그들이 떠난 지 열흘이 넘었다. 우리가 소식을 전하기엔 이미 늦었어."

"하지만······."

할 말을 잃고 말꼬리를 흐리는 양지하의 귀에 사진량의 낮은 음성이 곧장 날아들었다.

"그들도 어느 정도는 대비하고 있을 거다. 명색이 중원 무림의 원로라 자처하는 자들이니 쉽게 당하진 않겠지."

"그래도……."

"무림의 일은 무림인에게 맡긴다. 그게 본가의 철칙이 아니었던가?"

사진량의 나지막한 물음에 양지하는 더 이상 무어라 말을 잇지 못했다. 이내 사진량은 그대로 다시 고개를 돌리고 회의실 밖으로 걸음을 옮기기 시작했다. 밖으로 나가는 사진량의 모습을 양지하는 그저 멍하니 지켜보고 있었다.

어느새 옆에 다가온 남궁사혁이 양지하의 어깨를 살짝 두드리며 조용히 말했다.

"원래 저런 놈이니 그러려니 하십쇼, 양 소저. 그리고 혹시나 도움이 필요하시다면 언제든지 불러주세요. 내 당장 달려갈 테니."

"네에……."

남궁사혁의 말에 성의 없이 대답하며 양지하는 나직이 한숨을 내쉬었다. 양지하의 미적지근한 반응에 남궁사혁은 떨떠름한 얼굴로 한 걸음 뒤로 물러났다.

"그럼 저도 이만 가보겠습니다."

약간은 어색한 분위기를 깨고 장일소가 엉거주춤 몸을 일으켰다. 남궁사혁도 맞장구를 치며 서둘러 회의실을 빠져나갔다. 어느새 홀로 남은 양지하는 그 자리에서 한참이나 멍하니 사진량이 앉아 있던 자리를 쳐다보았다.

도무지 의중을 알 수 없는 사람이었다.

지금까지 천뢰일가의 가주 대행을 맡아오면서 다양한 성격의 사람을 만나온 양지하였다. 그런데 사진량은 도무지 자신으로서는 가늠할 수 없는 존재였다. 무뚝뚝한 표정과 말투 때문만은 아니었다.

무언가 특유의 분위기가 느껴졌다. 마치 양기뢰가 병으로 앓아눕기 전의 압도적인 모습과도 비슷한 느낌이 들었다. 왠지 모를 아련한 느낌에 양지하의 눈가에 살짝 눈물이 맺혔다. 손을 들어 눈물을 닦아낸 양지하는 이내 천천히 회의실 밖으로 걸음을 옮기기 시작했다.

저벅, 저벅!

*　　　　　*　　　　　*

가주의 직령으로 총사부 소속 밀단의 전원이 천뢰일가를 은밀히 빠져 나갔다. 그들의 임무는 최근 몇 달 사이에 벌어지고 있는 사건의 진상 조사였다.

총병력은 이백오십.

십 인의 조장이 각자 휘하의 조원 스물넷을 이끌고 사방으로 흩어졌다. 저마다 조장의 품속에는 천뢰일가 주위의 크고 작은 마을의 위치가 상세히 표시된 지도가 곱게 갈무리되어 있었다.

第二章
한밤의 습격자

천뢰일가의 가주 취임식에 참석한 무림명숙들이 모두 떠난 후에도 개방주 홍영은 떠나지 않고 신강 분타에 머물고 있었다. 사실 개방 전체를 뒤흔들 만한 중대한 사건이 벌어지지 않는 한, 방주가 굳이 총타에 있을 필요는 없었다.

소수의 문도들의 엄격한 문규와 상하 관계를 통해 집단을 이룬 다른 문파와는 달리 개방은 중원 전역에 널리 퍼져 있는 수많은 문도의 점조직이 거미줄처럼 얼기설기 이어져 있는 탓이었다.

때문에 어느 곳이든 방주가 머무는 곳이 바로 총타가 되는 조직의 형태를 갖추고 있는 문파가 바로 개방이었다. 조직의 유연성이 문도들의 무공이 뛰어나지 않아도 개방이 오랫동안 구파일방의 한자리를 차지하고 있는 이유였다.

홍영이 신강 분타에 머물기로 결정한 것은 중원 무림에서 벌어지는 사건들이 천뢰일가가 상대하고 있는 마도 세력과 깊은 관련이 있는 탓이었다. 어쩌면 앞으로의 무림을 크게 좌지우지할 일이 천뢰일가로부터 비롯될 거라는 직감이 강하게 들었다.

특히나 몇 달 사이에 천뢰일가의 세력권에서 벌어지고 있는 사건이 유독 홍영의 관심을 끌고 있었다.

"감숙 분타나 청해, 서장에서는 별달리 사건이 벌어지지 않았다고? 그러면 신강 분타 쪽에서만 그런 일이 생긴단 말이더냐?"

방금 자신이 언급한 분타에서 전해 온 보고서를 대충 훑어보며 물었다. 홍영의 앞에 부복한 신강 분타주가 조용히 대답했다.

"그렇습니다, 방주. 오대봉신가의 영역에서는 일상적인 세력 다툼만이 있을 뿐, 그 외에 특별한 일은 없었습니다."

"흐으음, 그러한가……? 이상한 일이로군."

홍영은 고개를 갸웃거리며 나직이 중얼거렸다. 지금까지 조사한 바에 의하면 천뢰일가의 본가가 있는 신강에서만 삼십여 개의 마을이 사라졌다. 얼핏 보기에는 마을 사람들이 집을 버리고 떠난 폐촌처럼 보였지만, 사실은 누군가의 습격으로 모두 죽음에 이른 것으로 결론이 내려졌다.

흔적은 거의 남아 있지 않았지만, 아마도 마도의 세력이 벌인 일임에 틀림없을 터. 하지만 그 의도를 도무지 알 수 없었다.

불길한 예감이 들었다.

단순히 마을 몇 개가 전멸해 사라지는 것으로 끝날 리가 없었다. 홍영은 질끈 아랫입술을 깨문 채 생각에 잠겼다. 그러다 퍼뜩 무언가 떠오른 듯 벌떡 몸을 일으켰다. 그 바람에 홍영의 앞에 부복한 신강 분타주가 놀라 어깨를 움찔했다.

"가, 갑자기 왜 그러십니까, 방주?"

"지금 당장 개봉 총타에 전서를 보내야겠다. 아직 직통 전서구가 남아 있던가?"

"총타 전용 전서구가 세 마리 남아 있습니다만. 갑자기 총타에는 왜⋯⋯?"

"설명은 나중에 할 테니 가서 서둘러 전서구를 준비해 두게."

"알겠습니다."

갑작스런 홍영의 명령에 신강 분타주는 고개를 갸웃하면서도 몸을 일으켜 서둘러 밖으로 나갔다. 혼자 남은 홍영은 지필묵을 꺼내고는 빠르게 먹을 갈아 총타에 전할 전서를 휘갈겨 썼다.

총타에 있는 지난 무림의 역사를 기록한 서책을 조사하기 위해서였다. 수천 년 무림의 역사에서 마도의 세력이 준동한 것은 한두 번이 아니었다. 그때마다 개방은 당시의 자초지종을 기록으로 남겨 총타에 보관하고 있었다.

혹시나 근래에 벌어지고 있는 사건과 비슷한 기록이 남아 있을지도 모른다는 생각에 홍영은 총타에 전서를 보내려고 하는 것이었다. 순식간에 전서를 다 쓴 홍영은 붓을 내려놓고는 가볍게 손짓해 바람을 일으켜 빠르게 먹을 말렸다.

그때였다.

덜컹!

갑자기 누군가 후다닥 달려오는 기척과 함께 문이 활짝 열렸다.

"바, 방주! 소방주와 손님이 방주님을 급히 뵙자고 합니다."

"응? 오귀 놈이?"

먹이 잘 마른 전서를 접어 전서구에 매단 죽통 안에 넣으려던 홍영이 고개를 돌리며 물었다. 막 달려온 개방도가 숨을 몰아쉬며 고개를 끄덕였다.

"넵. 지금 당장 뵈어야 한다고 해서……."

개방도의 대답에 홍영은 전서를 내려놓으며 벌떡 몸을 일으켰다.

"어디냐?"

"모, 모시겠습니다."

홍영이 일어나자 개방도가 뒷걸음질로 물러나 그대로 돌아서며 앞장서 이동하기 시작했다. 홍영은 조용히 그 뒤를 따랐다.

이내 홍영은 두 사람이 기다리고 있는 작은 방에 도착했다. 문을 열자 익숙한 모습을 한 두 사람이 안에서 기다리고 있는 것이 보였다.

자신의 제자인 오귀와 천뢰일가의 호법인 남궁사혁이었다. 두 사람을 본 홍영의 얼굴이 살짝 굳었다. 무언가 일이 생긴 것이 틀림없었다. 방 안으로 들어선 홍영이 자리에 앉자 오귀가 조심스레 입을 열기 시작했다.

"저기… 사부, 이번에 찾아온 건……."

말꼬리를 흐리며 오귀가 흘끔 눈치를 살폈다. 홍영이 나직이 한숨을 내쉰 후, 곧장 오귀의 말을 끊었다.

"그래. 무슨 부탁이 있어 이리 찾아 오셨소이까?"

오귀가 아닌 자신을 향한 홍영의 질문에 남궁사혁은 입꼬리를 살짝 말아 올리며 천천히 입을 열었다.

"후후, 다름 아니라 방주의, 아니, 개방의 정보력이 필요한 일이 생겨서 이리 급작스레 찾아뵙게 되었군요."

"본 방의 정보력이 필요하다라… 정보력이라면 하오문도 꽤나 알아주는 걸로 알고 있소만?"

홍영은 능글맞은 얼굴로 슬쩍 남궁사혁을 떠봤다. 하지만 남궁사혁은 홍영보다 더 능글맞은 미소를 지으며 태연하게 대꾸했다.

"뭐, 그야 그렇지만 하오문 같은 삼류 무뢰배 종자는 영 믿을 수가 없어서 말이지요. 게다가 무림의 중대사를 그런 놈들에게 맡길 수는 없는 노릇이지 않습니까?"

"무림의 중대사라?"

홍영이 고개를 갸웃하며 남궁사혁이 한 말을 되풀이했다. 남궁사혁은 언제 그랬냐는 듯 얼굴의 웃음기를 지우고 귀를 기울여야 겨우 들릴 정도의 작은 목소리로 조용히 속삭였다.

"그것이 실은……."

남궁사혁의 조용한 속삭임은 그 후로 한참 동안이나 계속되었다.

"부탁… 들어주시겠지요, 방주?"

사뭇 진지한 얼굴로 이야기를 이어나가던 남궁사혁은 입꼬리를 말아 올리며 조용히 물었다. 가만히 듣고만 있던 홍영도 피식 미소를 지으며 고개를 끄덕였다.

"알겠소. 사실 안 그래도 그 건으로 조사를 진행하고 있던 중이었으니. 새로운 사실을 알게 되면 내 천뢰일가에도 바로 알리겠소이다."

"역시! 방주께서 그리 말씀하실 줄 알았습니다, 하하!"

남궁사혁은 그럴 줄 알았다는 듯 너털웃음을 터뜨렸다. 홍영 역시 남궁사혁과 눈을 마주하며 특유의 미소를 지었다. 중간에서 오귀만 뻘쭘한 얼굴을 하고 있을 뿐이었다.

"방주! 전서구가 준비되었습니다!"

그때 밖에서 신강 분타주의 목소리가 들려왔다. 홍영은 천천히 몸을 일으키며 남궁사혁에게 말했다.

"더 하실 말씀이 없으시면 이만 나가보겠소. 바로 해야 할 일이 있어서 말이오."

"그럼 잘 부탁드리겠습니다, 방주."

남궁사혁이 곧장 몸을 일으켜 홍영에게 포권을 취하며 고개를 숙였다. 맞포권을 취한 홍영이 천천히 돌아섰다.

"다음에 또 뵙겠소이다."

홍영은 문 밖에서 기다리고 있던 신강 분타주와 함께 걸음을 옮기기 시작했다. 문득 무언가 생각이 난 남궁사혁이 급히 입을 열었다.

"그런데 방주!"

"응? 왜 그러시오?"

"언제까지 이곳 분타에 머무실 생각이십니까?"

"갑자기 그건 왜……?"

"그게 실은 말입니다. 아무래도 본가의 가주 취임식에 참석하신 분들이 돌아가시는 길에 무슨 일이 생기지는 않을까 염려가 되는군요. 다른 분들께는 미처 생각이 닿지 않아 귀띔을 해드리지 못했습니다만……."

남궁사혁은 면목 없다는 듯 말꼬리를 흐렸다. 홍영은 자못 심각한 얼굴로 물었다.

"지금 그 말은… 혹 마도가 습격을 해올지도 모른다는 말씀이시오?"

"아마도 그러리라 생각됩니다. 중원 무림을 크게 경동시킬 기회이지 않습니까."

"허어… 내 미처 거기까지 생각지 못했구려. 당장 각 분타에 연통을 넣어 조심하라 일러둬야겠소."

중원 전역에 분타가 없는 곳이 없고, 방도가 없는 곳이 없는 개방이라 가능한 일이었다. 홍영의 말에 남궁사혁은 다시 포권을 취하며 고개를 숙였다.

"방주께서 그렇게 해주신다면야 한결 불안함을 덜 수 있겠군요. 미리 감사드립니다."

"그리고 나는 아마 당분간 이곳 분타에 머물 것 같으니, 도움이 필요한 일이 생기면 언제든 찾아오시구려."

"방주의 너그러운 배포에 또 한 번 감사드립니다."

"그럼 다음에 또 뵙겠소이다. 부디 내 멍청한 제자 놈을 잘 부탁드리겠소."

"걱정 마십시오. 충분히 단단해지도록 단련시키고 있으니까요, 후후후."

나직한 웃음을 흘리며 흘끔 자신을 쳐다보는 남궁사혁의 시선을 느낀 오귀는 저도 모르게 어깨를 움찔 떨었다.

이내 홍영이 신강 분타주와 함께 모습을 감추자 남궁사혁도 밖으로 걸음을 옮기기 시작했다. 황급히 일어난 오귀가 그 뒤를 조용히 따랐다.

그리고 잠시 후.

파다닥!

십여 마리의 전서구가 각지의 개방 분타를 향해 날아올랐다.

                    *   *   *

따각! 따각!

삼십여 마리의 말이 관도를 내달리고 있었다. 천뢰일가의 가주 취임식에 참석한 후, 돌아가고 있는 정사연합무맹의 사절단 및 그 호위 병력이었다. 정사맹의 대표로 참석한 것은 구파일방 중 하나인 무당과 종남, 아미파의 장로급 고수 하나와 사천당문의 외당주, 그리고 사파의 연합체인 사도맹(邪道

盟)의 총관이었다.

정사맹의 다섯 사절은 넓은 관도에서 말을 일렬로 몰아가며 대화를 나누고 있었다.

"그나저나 놀랄 일이었습니다. 그 고독검협이 천뢰일가의 가주라니 말입니다, 허허."

종남파의 장로 일선진인(一禪眞人)이 잔잔한 미소를 띤 채 말했다. 일선진인의 옆에 있던 아미파의 정명사태(正明師太)가 고개를 끄덕이며 대꾸했다.

"그러니 말입니다. 마라천의 괴멸 후, 그가 종적을 감췄다는 소식을 듣고 무림의 동량이 사라졌음에 안타까울 뿐이었는데… 선재, 선재로다……."

나지막이 법호를 읊는 정명사태의 모습에 종남파의 장로 일선진인은 피식 미소를 지으며 우렁찬 목소리로 말했다.

"크하하! 한 십 년만 젊었으면 그에게 비무를 요청했을 겁니다. 소문으로만 듣던 고독검협의 무위를 견식하지 못해 아쉽기만 할 뿐입니다."

"그래도 고독검협 덕분에 걱정거리 하나를 덜어냈습니다. 이제 무림에서 암약하는 마도의 주구를 몰아낼 일만 남았습니다."

사천당문의 외당주 당규휘가 뒤이어 입을 열었다. 저마다 천뢰일가의 새 가주가 된 사진량에 대한 이야기를 하고 있었다. 저마다 사진량과는 오래전이긴 했지만 일면식이 있던 터라, 그때를 떠올리고 있었다.

그렇게 정사맹의 다섯 사절이 대화를 나누는 동안 어느새 해가 뉘엿뉘엿 서산 너머로 모습을 감추기 시작했다. 사절단 일행은 아직까지 관도에서 벗어나지 못하고 있었다. 가장 가까운 마을도 전력 질주로 달려 두 시진 정도 걸리는 거리에 있었다. 어쩔 수 없이 근처에서 노숙을 할 수밖에 없었다.

사절단 호위단장 강효기는 조심스레 말을 몰아 담소를 나누고 있는 다섯 사람에게 다가갔다.

"말씀 중에 죄송합니다만 어르신들, 아무래도 오늘 밤은 근처에서 노숙을 해야 할 것 같습니다."

"그러한가? 그럼 빨리 준비하게나."

사절단의 대표 일선진인이 말했다. 강효기는 조용히 말을 세우며 부하들에게 명령했다. 말을 세운 호위단은 일사불란하게 노숙 준비를 시작했다. 마차에 실어둔 천막을 치고 화섭자를 사용해 불을 피웠다. 모닥불 위에는 커다란 과(鍋)를 올려 물을 끓였다.

가장 큰 천막을 중심으로 작은 천막 일곱 개가 숙영지에 펼쳐졌다. 천막이 완성되는 것과 거의 동시에 건량과 육포를 끓인 죽이 만들어졌다. 일선진인이 손수 그릇에 죽을 퍼 담으며 말했다.

"다들 이리 와서 저녁이나 드세나."

탁! 타닥!

가득 쌓아둔 장작이 거의 다 타들어가 숯이 되어 새빨간 불씨를 흩날리고 있었다. 모닥불 주위에 앉아 있는 불침번은 자신의 검을 어깨에 기댄 채 꾸벅꾸벅 졸고 있었다.

찌륵! 찌르륵!

조용한 야공에 벌레 소리가 울려 퍼졌다. 은은하게 들려오는 벌레 소리를 자장가 삼아 불침번들은 어느샌가 깊은 잠에 빠져들었다.

얼마나 시간이 지났을까.

갑자기 벌레 소리가 언제 그랬냐는 듯 뚝, 그쳤다. 그리고 어디선가 스산한 바람이 불어왔다.

휘이잉!

순간 졸고 있는 불침번의 뒤로 검은 그림자가 조용히 나타났다. 모습을 드러낸 검은 그림자는 불침번의 입을 막고 소리가 거의 나지 않도록 손에 든 비수로 목을 그었다.

스컥!

섬뜩한 파육음과 함께 모닥불 주위에서 졸고 있던 불침번 셋이 피를 뿜어내며 절명했다. 바닥이 순식간에 흘러내린 피로 흥건했다.

스슥!

낮은 마찰음과 함께 모닥불 주위에 십여 명의 흑의 복면인이 모습을 드러냈다. 흑의 복면인들은 아무런 말없이 서로 눈빛을 교환했다. 막 흑의 복면인들이 흩어지려는 찰나.

"감히 뭣들 하는 짓이냐!"

커다란 노호성과 함께 천막을 뚫고 다섯 그림자가 흑의 복면인들이 있는 모닥불로 날아들었다. 노기에 가득 찬 모습을 하고 있는 다섯 사절이었다. 깊이 잠들어 있었지만 흑의 복면인들이 불침번을 제거하는 순간의 살기를 느끼고 일어난 것이었다.

살기가 느껴지자마자 곧바로 천막을 뛰쳐나왔지만, 불침번의 죽음을 막을 수 없었다. 흑의 복면인들의 살기는 목을 긋는 짧은 순간에만 드러난 탓이었다.

으득!

모닥불 주위의 피 웅덩이 속에 쓰러져 있는 호위단 무인의 모습을 본 당규휘의 눈에서 불똥이 튀었다.

"이놈들! 감히!"

누가 말릴 틈도 없이 당규휘는 버럭 소리치며 그대로 흑의 복면인들을 향해 달려들었다. 날카로운 금속성과 함께 당규휘의 손에서 검광이 뿜어져 나왔다.

스릉!

날카로운 검광이 흑의 복면인을 향해 날아들었다. 뒤이어 일선진인을 비롯, 나머지 사절단도 저마다 검을 뽑아 들고 달려들었다.

구파일방의 장로급 고수 다섯의 무공.

거대 문파라도 단숨에 멸문시킬 수 있을 정도로 강력한 것이었다. 하지만 흑의 복면인들은 눈 하나 깜짝하지 않았다. 가장 먼저 달려든 당규휘의 검이 흑의 복면인 하나를 베어 넘기려는 순간이었다.

쿠쿵!

마치 약속이나 한 듯 흑의 복면인들이 강하게 진각(震脚)을 내리밟았다. 낮은 진동과 함께 모닥불의 불씨가 허공으로 튀어올랐다. 튀어오른 불씨가 흑의 복면인의 몸에 닿자 불길이 확 일었다.

화르륵!

거의 동시에 당규휘의 검이 맨 앞에 있던 흑의 복면인의 허리를 반으로 갈랐다. 섬뜩한 파육음과 함께 불씨와 피가 터져 나와 허공에 흩날렸다.

서컥! 화르르륵!

순식간에 절명한 흑의 복면인은 신음 하나 토해내지 않았다. 나머지 흑의 복면인들은 자신들의 동료 하나가 참살당했음에도 전혀 동요 없이 몸에 불이 붙은 채로 힘껏 허공으로 도약했다.

팍! 파파팍!

뒤이어 달려든 네 고수의 공격은 아슬아슬하게 허공을 스쳤다. 하늘 높이 날아오른 흑의 복면인들의 몸에 붙은 불길이 더욱 강해졌다. 온몸을 강한 불길이 뒤덮었지만 흑의 복면인들은 아무렇지도 않은 것처럼 보였다.

"어딜 달아나려는 거냐!"

노호성과 함께 다섯 고수가 일제히 흑의 복면인의 뒤를 쫓아 몸을 날렸다. 다섯 고수의 검에서 고색창연한 검기가 뿜어져 나왔다.

차창!

흑의 복면인들의 몸에 붙은 불길과 다섯 고수가 뿜어내는 검기가 어두운 밤하늘을 밝게 수놓았다. 그저 아름답기만 한 것이 아닌 강맹한 기운을 담은 다섯 고수의 검은 조금의 망설임도 없이 흑의 복면인들을 향해 짓쳐 들었다.

파콰콰!

날카로운 파공성이 주위를 크게 뒤흔들었다. 다섯 고수의 검이 불길에 타오르는 흑의 복면인을 베어 넘기려는 순간!

콰릉! 콰콰쾅!

갑자기 불꽃이 하늘 높이 치솟더니 흑의 복면인의 몸이 밝은 섬광과 함께 마치 벽력탄처럼 폭발했다. 사방으로 피와 살점이 튀고 폭발로 인한 충격이 다섯 고수를 덮쳤다.

"큭!"

"이게 무슨!"

예상 밖의 상황에 놀란 다섯 고수는 낮은 신음을 흘리며 질끈 눈을 감은 채, 다급히 공격을 거두고 방어세를 취했다.

핑! 피피핑—

맹렬한 기세로 비산하는 피와 살점들은 마치 날카로운 비수처럼 날아들었다. 한순간 눈이 멀어버릴 정도로 밝은 섬광 때문에 반쯤 눈을 감은 채라 다섯 고수는 제대로 방어를 하지 못했다.

팍! 파파팍!

기민하게 검을 휘둘러 검막을 펼쳐 방어를 하긴 했지만 수천수만 조각의 핏방울과 살점을 모두 막을 수는 없었다. 검막을 뚫고 들어온 피와 살점이 몸속에 틀어박혔다.

"큭!"

"커헉!"

짧은 신음과 함께 다섯 고수는 그대로 바닥에 떨어져 내렸다. 그 모습에 놀란 호위단장 강효기가 다급히 몸을 날리며 소리쳤다.

"괘, 괜찮으십니까, 어르신들!"

뒤이어 나머지 호위단원들이 뛰어들어 떨어져 내리는 다섯 고수를 받아냈다. 다섯 고수의 몸에는 둥근 핏자국이 가득했다. 그나마 다섯 고수가 비산하는 파편을 몸으로 막은 덕분에 호위단원들은 처음 당한 불침번 넷을 빼고는 아무런 상처도 없었다. 비틀거리며 일어난 다섯 고수는 급히 내공을 일주천하며 몸 상태를 살폈다.

다행히도 치명상이 아니라 피륙만 살짝 다친 것 같았다. 이내 흐릿해진 시야가 원래대로 회복되었다. 다섯 고수는 나직이 한숨을 내쉬며 중얼거렸다.

"다들 괜찮으시오?"

"걱정 마시구려. 약간의 찰과상만 입은 것뿐이니."

"그나저나 지독한 자들이로구려. 조금의 망설임도 없이 자폭을 하다니 말이오."

"생명을 그리 가벼이 여기다니. 아미타불……."

"이렇게 야음을 틈타 습격을 해오다니… 빌어먹을 놈들이로구……."

뿌득 이를 갈며 분노를 토해내던 당규휘의 말이 갑자기 멎었다. 저 멀리서 빠른 속도로 다가오는 땅울림을 느낀 탓이었다.

드드드드!

적어도 이백은 넘는 숫자의 사람들이 한쪽 방향으로 일제히 내달릴 때에나 느낄 수 있는 땅울림이었다. 다섯 고수는 내공을 끌어 올려 안력을 높였다. 검은 아지랑이처럼 피어오르는 불길한 기운이 빠른 속도로 다가오고 있었다.

이제 곧 일각이 지나기 전에 조우할 것 같았다. 피하려면 피할 수도 있는 거리였지만, 그랬다간 아무 상관없는 이들까지 말려들 수도 있었다. 일선진인이 굳은 얼굴로 나직이 중얼거렸다.

"아주… 긴 밤이 될 것 같군. 모두 검을 뽑게나."

            *   *   *

챙! 채챙!

"크아악!"

"아악! 내 팔! 내 팔이……! 커헉!"

날카로운 금속성과 고통에 가득 찬 비명이 어두운 밤하늘에 어지러이 뒤얽혔다. 이미 수많은 사람이 사지가 잘린 채 바닥에 피를 흘리며 쓰러져 있었다. 흑의 복면인의 검이 번뜩일 때마다 허공에는 피가 튀고 살점이 잘려 나갔다. 홍건한 피 웅덩이 속에 쓰러진 자들은 이미 무주고혼이 되었다.

한밤의 습격자가 나타난 지 고작해야 한 식경도 채 지나지 않은 시간이었다. 하지만 이미 절반 이상이 죽음에 이르렀고, 살아남은 자들도 멀쩡한 자가 없었다.

"제, 젠장! 도대체 이게 무슨……!"

천뢰일가의 가주 취임식에 참석한 후, 돌아가는 길이었다. 구파일방만큼은 아니었지만 무림에서 나름 세력을 인정받고 있는 문파, 전검문(戰劍門)의 문주와 문도들이었다. 구파일방에 뒤처지지 않는다는 것을 외부에 보이기 위해 문주인 곽한이 직접 고른 정예 문도 칠십 인이 함께였다. 구파일방을 상대한다 해도 밀리지 않을 자신이 있었다.

하지만 아니었다. 정체불명의 흑의 복면인 십여 명에게 전검문도들이 일방적으로 도륙당하고 있었다. 있을 수 없는 일이었다. 자신의 눈앞에서 벌어지고 있는 일이 현실이 아닌 것만 같았다.

스카칵!

"끄아악!"

날카로운 파육음과 전검문도의 고통에 찬 비명이 곽한의 고막을 찔러왔다. 퍼뜩 정신을 차린 곽한의 눈에 채 피를 흩뿌리며 튕겨 나온 문도의 수급이 보였다. 생기를 빠르게 잃어가는 부릅뜬 눈을 마주하자 곽한의 눈에 불똥이 튀었다.

"천인공노(天人共怒)할 놈들! 이 내가 절대 용서치 않으리라!"

빠드득, 부러져라 이를 깨문 곽한이 한계까지 내공을 끌어올렸다. 온몸의 근육이 부풀어 오르고 피부로 느껴질 정도로 강맹한 기운이 뿜어져 나왔다. 검병을 쥔 손아귀에서 땀이 순식간에 말랐다. 곽한이 검병을 꽉 움켜쥐자 검기가 치솟았다.

우우우웅!

진원지기까지 끌어 올린 곽한의 눈에 핏발이 섰다. 강렬한 검기로 뒤덮인 검신이 검명을 토해냈다. 곽한은 그대로 흑의 복면인들을 향해 몸을 날렸다.

파파팍!

곽한은 자신을 향해 날아드는 흑의 복면인들의 공격에도 눈 하나 깜짝하지 않고 온 힘을 다해 검을 휘둘렀다.

서컥! 파카칵!

섬뜩한 파육음과 함께 피가 터져 나왔다. 검을 쥔 곽한의 오른팔이 어깨부터 잘려 나가 눈앞을 스쳐 지나쳤다. 곽한의 고개가 스쳐 지나는 오른팔을 따라 돌아갔다.

파팍!

곽한은 빙글빙글 회전하며 날아가 바닥에 내동댕이쳐진 자신의 팔을 흘깃 쳐다보고는 피가 뿜어져 나오는 오른쪽 어깨로 고개를 돌렸다. 이상하게도 통증은 없었다. 그저 멍하니 잘린 어깨를 쳐다보고 있을 뿐이었다.

파카칵!

순간 날카로운 파공성이 고막을 찔러왔다. 곽한은 천천히 소리가 들려온 방향으로 고개를 돌렸다. 흑의 복면인의 시커면 칼날이 자신을 덮쳐오고 있었다.

피할 틈도 없었다. 아니, 피할 생각도 하지 못했다. 곽한은 핏발이 선 붉은 눈으로 자신을 향해 날아드는 검은 칼날을 쳐다보았다.

스컥!

흑의 복면인의 검은 칼날은 그대로 곽한의 목을 베어버렸다. 곽한의 머리는 핏발이 선 눈을 부릅뜬 채로 그대로 바닥에 떨어졌다. 목을 잃은 곽한의 몸은 전검문의 모든 문도가 쓰러진 후에도 두 다리로 버티고 서 있었다.

휘이이잉!

참혹하게 일방적으로 도륙당한 전검문도의 시신들이 사방에 널려 있었다. 그 한가운데에 목 없는 시신이 서 있었다. 문주인 곽한의 시신이었다. 목은 없었지만 그 모습이 마치 문도들의 죽음을 비통해하는 것 같았다.

펄럭! 펄럭!

을씨년스러운 거친 바람이 불어와 피 묻은 옷깃을 흩날렸다. 차갑게 식어 딱딱해진 옷깃이 굳은 몸을 강하게 후려쳤다.

투툭! 털썩!

바람이 너무 강한 탓인지, 아니면 피가 굳은 옷깃이 딱딱해서인지 알 수 없었지만 두 다리로 서 있던 곽한의 시신의 한쪽 무릎이 꺾였다. 균형을 잃은 곽한의 시신은 그대로 뒤로 벌렁 쓰러져 버렸다.

휘이이잉!

다시 불어온 거센 바람이 바닥을 흥건히 적신 채 굳어가는 피비린내를 휩쓸어 저 멀리 날려 버렸다. 어느샌가 저 멀리 동이 터 오르기 시작했다.

＊　　　　＊　　　　＊

"뭐라? 전검문에 맹룡방(猛龍幫), 거기다 신주제일창가까지 모두 전멸했다고? 저, 정사맹은……? 정사맹의 사절들은 어떻게 됐지?"

방금 전해진 소식에 홍영은 찢어져라 눈을 크게 치켜뜬 채 벌떡 몸을 일으켰다. 홍영의 격한 반응에 어깨를 움찔거리던 신강 분타주가 더듬거리며 입을 열었다.

"그, 그것이……."

"대체 어찌 됐다는 게야? 어서 말하지 못해!"

홍영의 재촉에 신강 분타주는 조심스레 말을 이었다.

"호위단은 서넛을 빼고는 모두 전멸하였고, 종남파의 일선진인은 왼팔이 잘리는 중상을 입었다고 합니다. 그, 그리고 아미의 정명사태와 당문의 당규휘 당주께서는 그 자리에서 귀천하셨고, 사도맹의 모태량 총관은 기식엄엄(氣息奄奄)하여 언제 숨이 멎을지…….”

“허어! 그게 사실이란 말이냐…….”

신강 분타주의 말이 채 끝나기도 전에 홍영은 어두워진 낯빛으로 신음하듯 중얼거렸다. 개방의 분타를 통해 습격이 있을지도 모른다는 경고를 하려 했었지만 너무 늦어버렸다.

엄청난 피해였다. 다른 문파들도 그랬지만 특히나 결성된 지 얼마 되지 않은 정사연합무맹으로서는 치명적인 인명 손실이었다. 자칫하다간 인명 손실에 그치지 않고 정사맹의 존립에도 큰 위기가 닥칠지도 모르는 일이었다.

“아무래도 이곳에 계속 있기는 힘들 것 같구나. 너는 지금 이 사실을 당장 천뢰일가의 내 제자 놈에게 알리거라. 난 이대로 떠나야겠다.”

아랫입술을 꽉 깨문 채 잠시 생각에 잠겨 있던 홍영은 벌떡 일어나며 말했다. 갑작스런 홍영의 말에 신강 분타주가 저도 모르게 물었다.

“떠, 떠나신다니요? 어디로……?”

“굳이 알 필요 없다. 도착하고 나면 따로 내 연통을 넣으마.”

말을 마친 홍영은 그대로 밖으로 나섰다. 분타주가 붙잡을 새도 없이 순식간에 홍영의 모습은 저 멀리 사라져 버렸다. 활짝 열린 문을 멍하니 쳐다보며 분타주가 나직이 중얼거렸다.

"여전히 바람 같은 분이시로구나… 허허."

취임식 축하 사절단의 피격 소식은 오귀를 통해 곧장 천뢰일가로 전해졌다. 이미 어느 정도 예상했던 일이었지만 거의 전멸에 가까운 피해를 입었다는 것은 예상 밖이었다. 특히나 정사맹의 간부―구파일방의 장로급―가 당했다는 것이 충격이었다.

하지만.

"당장 우리가 어떻게 할 수 있는 것이 없군. 무림의 일은 무림에 맡기는 수밖에……"

사진량은 무표정한 얼굴로 말했다. 그 말을 들은 남궁사혁이 살짝 인상을 찌푸리며 나직이 핀잔을 줬다.

"으이그, 저놈의 화상… 말을 해도 꼭 듣는 사람 서운하게 한다니까."

*　　　　*　　　　*

"북천(北天)의 병력 삼 할이 당했다… 어느 쪽이 더 이득이라고 생각하느냐?"

불씨라고는 전혀 없는 어두운 방 안.

별빛 하나 보이지 않은 짙은 어둠으로 가득한 밤하늘을 뒷짐을 진 채 조용히 올려다보는 한 인영이 조용히 중얼거렸다. 거의 들리지 않을 정도로 낮은 음성이었지만 절로 어깨가 부르르 떨릴 정도로 서늘하기 짝이 없는 목소리였다.

"속하는 그저 주군의 도구로써 쓰일 뿐, 아무런 생각도, 판단도 하지 않습니다."

방 안의 짙은 어둠 속에서 남자인지 여자인지 구분할 수 없는 기괴한 음성이 흘러나왔다. 보통 사람이 들었다면 귀신이 나타났다며 당장에라도 도망쳐 버릴 정도로 사이한 음성이었다. 하지만 뒷짐을 진 인영은 아무렇지도 않은 듯 그저 가만히 밤하늘을 쳐다볼 뿐이었다.

"크크, 아무런 판단도 하지 않는다라……. 네놈답군. 하지만… 분명 내가 물었을 텐데?"

뒷짐을 진 사내는 천천히 돌아서며 날카로운 눈빛으로 어두운 방 안을 쏘아보았다. 순간 어둠 속에 부복해 있던 기괴한 음성의 인영은 몸을 짓누르는 엄청난 압박감과 함께 날카로운 비수가 심장을 지르는 것 같은 통증을 느꼈다.

"……!"

기괴한 음성의 인영은 신음 한번 토해내지 않고 피가 배어 나올 정도로 아랫입술을 꽉 깨물었다. 온몸을 짓누르는 강한 압력에 저항하지 않고 그저 고통을 감내했다.

쩍! 쩌적!

낮은 파열음과 함께 돌로 된 바닥에 금이 가기 시작했다. 이대로 아무런 저항도 하지 않는다면 납작하게 짜부러진 핏 덩이가 될 터였다. 하지만 기괴한 음성의 인영은 여전히 아무 것도 하지 않았다.

"대답하지 않을 텐가?"

뒷짐 진 인영의 음성이 귓가로 날아들었다. 기괴한 음성의 인영은 신음하듯 억지로 입을 열었다.

"하, 하오나 주군! 저, 저는……."

"다시 한 번 묻겠다. 어느 쪽이 더 이득이라고 생각하느 냐?"

질문과 함께 기괴한 음성의 인영을 짓누르던 압박감이 순식간에 사라졌다. 하지만 이미 이마가 바닥에 닿아 짓이겨져 피가 흐르고 있었다. 기괴한 음성의 인영은 그 자리에서 꼼짝도 하지 않은 채, 조심조심 입을 열었다.

"양쪽의 모두 피해가 있었지만… 결과적으로는 무림에 더 큰 손실이 있을 거라 생각됩니다."

"어째서 그리 생각하지?"

다시 날아든 질문. 이번에는 곧바로 대답이 뒤이어졌다.

"정사연합무맹은 급조된 조직입니다. 구파일방만이 아니라 항상 앙숙이던 사도맹이 함께이니 잡음이 아니 날 수 없지요. 하물며 중심이 되어야 할 고수 다섯을 잃었으니… 약간의 공작만 가한다면 정사맹은 내분으로 사분오열(四分五裂)될 것입니다."

"준비는 하고 있는 건가?"

"동천(東天)과 남천(南天)의 밀영(密影)들이 이미 정사맹에 스며들었습니다. 적당한 기회만 생기면 충분히 흔들 수 있습니다."

"서천(西天)은?"

"현재 철혈가의 가주와 접촉, 천뢰일가를 무너뜨릴 작업을 진행 중입니다. 신임 가주 때문에 정사맹과는 달리 시일이 오래 걸릴 듯하오나……."

거기까지 들은 뒷짐 진 인영이 천천히 입꼬리를 말아 올렸다. 살짝 벌어진 입술 사이로 흰 이가 드러났다. 아무런 빛도 없는 어둠 속에서 날카로운 송곳니가 번뜩였다.

"시간이 더 필요하다는 거로군."

"그, 그러합니다, 주군."

조금 전과는 달리 한 줌의 살기도 느껴지지 않는 모습이었지만 기괴한 음성의 인영은 저도 모르게 와들와들 몸을 떨었다.

두려움.

마치 천적을 눈앞에 둔 나약한 초식동물처럼 본능적인 두려움을 느낀 것이다. 절정 무공이나 지독한 살기가 아니라 뒷짐 진 사내의 존재, 그 자체가 두려움의 대상이었다.

"얼마나 더 필요하지?"

"저, 적어도 일 년 이상은 필요할 것……."

"흐음, 그러한가……. 어쩔 수 없는 일이지. 천뢰일가의 정식 후계자가 나타날 줄은 예상치 못하는 바였으니."

뒷짐 진 인영이 말꼬리를 흐리자 기괴한 음성의 인영은 '쾅' 하고 소리가 나도록 이마를 바닥에 부딪치며 다급히 소리쳤다.

"모두 제 탓입니다. 조금만 서둘렀다면 이런 일은 없었을 것입니다. 부디 용서하십시오, 주군."

"아니다. 일을 서둘렀다면 놈들이 금방 눈치채고 무슨 방비를 했겠지. 아쉽지만 어쩔 수 없는 노릇이다. 그나저나 그 '일'은 어떻게 되어가지?"

가만히 고개를 내저으며 뒷짐 진 인영은 한 단어에 힘을 주고 질문을 던졌다. 순간 멈칫한 기괴한 음성의 인영이 조심스레 대답했다.

"그 일이라면 삼 할 정도 진행되었습니다."

"삼 할이라… 아직 멀었군. 하나 더 서두를 수는 없겠지.

아무리 멍청한 놈들이라도 그 정도로 일을 벌였으니 어느 정
도 이변을 감지했을 테니……. 시간이 걸리더라도 목적을 온
전히 이룰 수 있도록 신중에 신중을 기울여야 할 것이다. 각
천주들에게도 그리 전하도록.'

뒷짐 진 인영의 말에 기괴한 음성의 인영은 다시 한 번 이
마를 바닥에 쿵, 하고 소리 나게 부딪치며 대답했다.

"명심, 또 명심하겠습니다, 주군!"

뒷짐 진 인영은 자신의 앞에 있는 기괴한 음성의 인영을 가
만히 내려다보았다. 이내 천천히 돌아서서 열려 있는 창으로
다가가며 말했다.

"더 할 말이 있나?"

조용히 흘러든 질문에 기괴한 음성의 인영은 대답과 함께
어둠 속으로 녹아들 듯 모습을 감췄다.

"아닙니다. 주군께서 말씀하신 대로 행하겠습니다."

방 안에 홀로 남은 뒷짐 진 인영은 가만히 하늘을 올려다
보았다. 여전히 밤하늘은 어두컴컴했다.

하지만 조금 전과 달라진 것이 하나 있었다. 아무런 빛도
없는 시커먼 밤하늘에 불길하기 그지없는 희미한 붉은빛을
뿜어내고 있는 별 하나가 저 하늘 높이 떠 있었다.

붉게 빛나는 별을 바라보며 뒷짐 진 인영이 나직이 중얼거
렸다.

"적흉성(赤凶星)이라……. 저 빛이 중원 전체를 물들이는 날, 본 야의 진정한 목적이 이뤄질 것이다. 크, 크흐흐흐흐!"

입꼬리를 말아 올린 뒷짐 진 인영의 음소가 조용히 어두운 밤하늘을 뒤흔들었다.

第三章

내우외환(内憂外患)

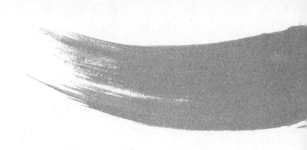

정사연합무맹.

소림의 봉문과 화산비검회의 대사건으로 인해 무림에 암약하는 마도의 세력을 견제하기 위해 만들어진 정파와 사파의 연합체이다.

소림과 화산의 빈자리를 메우기 위해 섬서의 서안에 총단을 세운 정사맹은 연일 수많은 무인이 오가고 있었다. 마도를 견제하기 위해 연합을 했다고는 하나, 본래 앙숙이던 정파와 사파의 무인들은 무력 충돌 대신 보이지 않는 신경전을 펼치고 있었다.

마도라는 공통의 적을 앞두고 있기는 했지만, 아직까지 제대로 실체가 드러나지 않은 터라 다들 실감이 나지 않은 탓이었다.

정사맹 총단의 인근에 있는 객잔에서는 연일 크고 작은 다툼이 벌어졌다. 각 문파의 수뇌들이 무력 충돌을 엄격하게 금하고 있어, 피를 볼 일은 거의 없었다. 가끔 주먹과 고성이 오갈 뿐이었다.

"뭐? 지금 뭐라고 씨부렸냐?"

걸걸하기 짝이 없는 음성이 객잔을 뒤흔들었다. 얼핏 보기에도 산적처럼 보이는, 덩치 크고 왼쪽 볼에 커다란 흉터가 있는 사내가 버럭 소리치며 탁자를 거칠게 뒤집었다.

챙그랑! 콰창!

탁자 위에 놓여 있던 접시며 그릇이 바닥에 떨어져 박살났다. 접시에 담겨 있던 음식과 국물이 사방으로 튀었다.

"남들 식사하는 데 먼지나 풀풀 피워 날리고. 역시 사파 놈들은 예의가 눈곱만큼도 없군그래."

흉터 사내가 노려보는 방향의 작은 탁자에 앉아 조용히 소면을 먹고 있던 날카로운 인상의 무인이 조용히 중얼거렸다. 그 말을 들은 흉터 사내가 왈칵 인상을 찌푸리며 허리춤에 매달린 도병을 움켜쥐었다.

"호오? 지금 제대로 한번 해보자는 건가?"

날카로운 인상의 무인이 나직이 중얼거리며 몸을 일으켰다. 두 사람의 날카로운 눈빛이 허공에서 부딪쳐 불꽃이 튀었다. 금방이라도 서로를 향해 달려들 듯 날카로운 긴장감이 흘렀다.

"뭐여, 지금? 시비 거는 거여?"

"시비는 그쪽에서 먼저 걸지 않았나? 적반하장(賊反荷杖)이로군."

"쌍! 지금 뭐라고 지껄이는 겨? 어디 쓴맛 좀 보고 싶은가 보지?"

흉터 사내와 날카로운 인상의 사내. 두 사람의 대립이 기폭제가 되어 한창 식사 중이던 객잔이 순식간에 소란스러워졌다.

성미 급한 사파의 무인들은 저마다 험악한 인상을 쓰며 벌떡 일어나 맞은편에 있는 정파 무인들을 노려보았다. 금방에라도 터질 듯 팽팽한 긴장감이 두 무리 사이로 흘렀다. 누군가 먼저 나선다면 무력 충돌과 함께 대규모 인명 피해가 생길 것 같았다.

객잔의 가운데에 놓인 탁자를 중심으로 두 편으로 갈라선 정사의 무인들은 서슬 퍼런 눈빛으로 서로를 노려보고 있었다.

"젠장! 문주가 소란 피우지 말고 얌전히 있으라고 해서 그랬더니, 이것들이 사람을 개호구로 보고! 아오, 썅!"

대치의 시초가 된 덩치 큰 흉터 사내가 버럭 소리치며 허리춤의 대도를 뽑아 들었다.

스릉!

날카로운 금속성이 울려 퍼지자, 맞은편의 날카로운 인상의 무인도 말없이 검을 뽑았다. 동시에 그들 주위에 있던 다른 무인들도 일제히 각자의 병장기를 뽑아 들었다.

스릉! 창!

날카로운 금속성이 객잔 안을 가득 채웠다. 이제는 긴장감이 아닌 살기가 주위 가득했다. 서로를 노려보던 덩치 큰 흉터 사내와 날카로운 인상의 사내, 두 사람이 마치 약속이나 한 듯 서로를 향해 달려들었다.

"어디 한번 뒈져보라고!"

"역시 사파 놈들의 습성은 어딜 안 가는군!"

험담을 내뱉으며 두 사람은 서로를 향해 자신의 검과 대도를 휘둘렀다. 동시에 그들 뒤에 있던 무인들이 일제히 서로를 향해 달려들었다.

"썅! 덮쳐!"

"사파 놈들에게 본때를 보여주자고!"

"우오오오!"

살기 가득한 커다란 함성이 객잔을 뒤흔들었다. 맨 처음 서로에게 달려든 두 사람의 검과 대도가 서로 맞부딪치려는 순간.

"지금 이게 무슨 짓들이냐! 당장 멈추지 못할까!"

묵직한 무게감을 지닌 노호성이 객잔 입구 쪽에서 터져 나왔다. 서로에게 달려들던 정파와 사파의 무인들은 저도 모르게 움찔하며 그 자리에서 멈춰 섰다. 하지만 가장 먼저 달려든 두 사람은 검과 대도를 멈출 수 없었다.

파강!

날카로운 파열음과 함께 부딪친 검과 대도 사이에서 불꽃이 튀었다. 순간 객잔 안으로 홀연히 들어선 선풍도골의 중년 도인이 두 사람 사이로 끼어들었다. 방금 입구에서 노호성을 내지른 사내였다.

"분명 총단 내에서 무력 다툼은 허용하지 않는다고 했었을 텐데? 감히 맹주령을 어길 참이었더냐?"

선풍도골의 중년 도인은 날카로운 인상의 사내를 노려보며 나직이 타박했다. 낮은 음성이었지만 주위의 모든 무인의 귓가에 날아든 저항할 수 없는 위엄이 담겨 있었다.

"그, 그것이 아니오라……."

날카로운 인상의 사내는 어깨를 움찔하며 더듬더듬 입을 열었다. 중년 도인은 굳은 얼굴로 날카로운 인상의 사내를 노려보며 낮게 일갈했다.

"이놈이 그래도 정신을 못 차리고……!"

날카로운 인상의 사내는 더 이상 아무런 말도 하지 못했다. 중년 도인이 정사맹의 요직에 있는 인물인 데다, 문파의 직계 어른인 탓이었다. 날카로운 인상의 사내는 힘없이 검을 거둬들이며 중년 도인에게 고개를 푹 숙였다.

"죄, 죄송합니다, 사백. 불초 제자가 불민하여……."

"멍청한 놈! 네놈은 당장 숙소로 돌아가 면벽 좌선을 하고 있거라. 내가 되었다고 하기 전까지 절대 그 자리에서 꼼짝도 하지 않아야 할 것이야."

"아, 알겠습니다."

날카로운 인상의 사내는 대답과 함께 돌아서서 천천히 객잔을 벗어나기 시작했다. 대도를 든 채 그 모습을 물끄러미 쳐다보던 덩치 큰 흉터 사내는 누런 이를 드러내며 히죽 미소를 지었다.

"역시 정파 놈들은 겉만 번드르……."

"네놈도 당장 닥치지 않으면 가만두지 않을 것이다."

흉터 사내의 말은 끝까지 이어지지 못했다. 중년 도인의 날카로운 눈빛과 마주한 탓이었다. 맹수를 앞에 둔 초식동물처럼 흉터 사내는 저도 모르게 몸을 움츠렸다.

하지만 이내 흉터 사내는 도병을 꽉 움켜쥐고는 으득 이를 악물었다. 손바닥에 땀이 흘렀지만 아무렇지도 않은 듯 흉터 사내는 최대한 인상을 험악하게 만들어 보이며 말했다.

"거 높으신 분이 우리 같은 아랫것들 일에 끼어드시기나 하고. 어지간히 할 일 참 없으신가 보구랴? 하여간에 정파란 것들은 하······."

"거기까지. 더 나불대면 네놈 혓바닥을 열 조각으로 잘라 주마."

흉터 사내는 말을 마치지 못했다. 갑작스레 목덜미에 닿은 싸늘한 예기와 함께 느껴지는 지독한 살기 때문이었다. 흉터 사내는 새하얗게 질린 얼굴로 눈동자를 굴려 자신의 목에 닿아 있는 유엽도(柳葉刀)의 주인을 쳐다보았다.

"헉! 내, 냉혈신도(冷血神刀)!"

냉혈신도 사도명.

정사지간의 인물이지만 비무 상대를 살려두지 않는다는 잔혹함 때문에 사도 십대 고수 중 하나로 칭해지기도 하는 절정 고수였다. 무리를 이루지 않고 홀로 무림을 종횡한 사도명이었지만, 그를 추종하는 사파의 무리가 상당수라 정사맹의 중역으로 초빙된 것이었다.

본래 무리 지어 다니는 것을 싫어하는 성격이었지만, 정사맹의 중역이라는 위치의 중요성을 잘 이해하는 터라 사도명은 사파 무인들을 단속하고 있었다.

"네놈 따위에게 그리 가볍게 불릴 별호가 아니라고 생각하지 않나?"

얼음장처럼 싸늘한 사도명의 음성에 흉터 사내는 두려움 가득한 눈으로 더듬더듬 입을 열었다.

"그, 그것이……."

"왜? 조금 전처럼 한번 뻗대보시지 그러나? 아무리 모자란 놈이라도 제 목숨 아까운 줄은 아나 보지?"

사도명은 흉터 사내의 목에 댄 유엽도를 좀 더 가까이 가져다댔다. 날카롭게 벼려진 유엽도의 차가운 칼날이 닿자 그대로 목이 잘릴 것 같은 느낌에 흉터 사내는 식은땀을 줄줄 흘리며 침을 꿀꺽 삼켰다. 어쩐지 유엽도에 닿은 목덜미에서 피가 흐르는 것 같았다.

"부, 부디 용서를……."

흉터 사내는 조금 전의 호기라고는 온데간데없는 모습으로 부들부들 몸을 떨었다. 하지만 사도명은 눈 하나 깜짝하지 않고 가만히 흉터 사내를 노려보았다. 그 모습을 지켜보던 중년 도인이 조심스레 끼어들었다.

"그 정도면 잘 알아들었을 겁니다. 이제 그만하시지요, 사도 대협."

정중한 중년 도인의 말에도 사도명은 흉터 사내의 목에 댄 유엽도를 거두지 않았다. 사도명은 살짝 입꼬리를 말아 올린 채 흘낏 중년 도인을 쳐다보며 조용히 말했다.

"아닙니다. 이놈들은 적당히라는 걸 모르는 놈들이라 이번 기회에 제대로 잡아둬야 합니다. 안 그러면 언제 또 이런 일을 벌일지 모르니까요."

"하나……."

"명환진인께서는 저들과 함께 물러나시지요. 이곳은 제가 마무리하도록 하겠습니다."

사도명은 중년 도인의 말을 끊으며 싸늘히 중얼거렸다. 명환진인이라 불린 중년 도인을 제외한 좌중의 모든 무인이 사도명의 살기 가득한 음성에 압도되어 몸을 움찔거렸다. 가만히 사도명과 눈을 마주한 명환진인은 이내 나직이 한숨을 내쉬며 고개를 끄덕였다.

"알겠소이다. 그러면 사도 대협께 맡기리다. 하나 너무 심하게는 하지 마시구려."

"설마 죽이기야 하겠습니까, 하하."

사도명은 피식 미소를 지으며 대꾸했다. 하지만 어쩐지 사도명의 말이 농담으로 들리지 않았다. 명환진인은 조금은 떨떠름해하는 얼굴로 천천히 돌아섰다. 그러곤 저마다 병장기를 들고 엉거주춤하게 선 정파 무인들을 향해 조용히 말했다.

"너희들은 당장 날 따라오너라. 내 오늘 직접 너희를 진득하게 단련시켜 줄 터이니. 알겠느냐!"

"아, 알겠습니다, 진인!"

무인들의 대답을 들은 명환진인은 이내 천천히 객잔 밖으로 걸음을 옮기기 시작했다. 들고 있던 병장기를 조심스레 수습한 정파 무인들이 마치 도살장에 끌려가는 소처럼 어깨를 축 늘어뜨린 채, 명환진인의 뒤를 쫓았다.

"자아, 그럼 우리도 시작해야겠지?"

명환진인과 이십여 명의 정파 무인이 객잔에서 사라지자 사도명은 진한 음소를 흘리며 천천히 입을 열었다. 조용히 객잔에 울려 퍼지는 사도명의 음성에 흉터 사내를 비롯한 사파 무인들은 뱀을 마주한 개구리처럼 오금이 저려왔다.

"사, 사도 대협……?"

목에 유엽도가 닿아 있는 흉터 사내가 식은땀이 가득한 얼굴로 사도명을 흘끗 쳐다보았다. 사도명은 송곳니가 살짝 드러날 정도로 입을 벌려 음소를 지으며 나직이 중얼거렸다.

"크크크, 각오는 되어 있겠지?"

정사연합무맹 총단의 대회의실.

저마다 복색이 다양한 중장년층의 무인 열다섯이 커다란 원탁에 빙 둘러앉아 있었다. 정사연합무맹을 대표하는 각 문파의 장로급 이상의 수뇌들이었다. 한자리에 모인 수뇌들의 표정은 자못 어두웠다.

지금까지의 회의에서 중요하지 않은 안건은 하나도 없었지만 이번 사안은 너무도 위중한 일이었다. 어쩌면 정사맹의 존망과도 관련이 있을지도 몰랐다. 하지만 누구도 섣불리 입을 열지 않았다. 다들 굳은 얼굴로 입술을 꽉 다문 채 서로를 지켜보고 있었다.

회의실이 가득 채워진 지는 벌써 한 식경이 넘었지만, 누구도 먼저 입을 열지 않고 침묵만이 가득했다. 일각이 더 지나고 나서야 가장 나이가 많아 보이는 백발호안의 노인이 헛기침을 하며 천천히 입을 열었다.

"크흠흠, 다들… 알고 계신가 보구려."

백발호안의 노인은 바로 정사맹의 주축을 이루는 두 단체 중 하나인 정의맹의 맹주, 천협검제(天俠劍帝) 관영효였다. 구파일방과는 아무 관련 없는 평범한 무가에서 태어나 혈혈단신으로 무림에 이름을 떨친 절대 강자로, 정의맹 결성 당시 만장일치로 맹주에 오른 검호(劍豪)였다. 그런 만큼 정사연합무맹에서도 가장 강력한 발언권이 있었다.

관영효의 말에 침묵을 지키고 있던 이들이 하나둘 입을 열기 시작했다.

"허어, 정말 큰일이오. 본격적으로 마도를 상대하기도 전에 이런 일이 생기다니……."

"그러니 말이외다. 취임식에 참가한 이들이 대부분 의문의 무리에게 당했다고 하지 않소."

"어떤 놈들이 그런 짓을 한 건지 밝혀진 것은 있소이까?"

"아마도 더러운 마도의 종자가 아니겠소? 천뢰일가와 무림이 손을 잡는다면 놈들의 입지는 현저히 줄어들 테니 말이오."

조금 전까지의 침묵이 마치 거짓이었던 것처럼 한번 입을 열자 저마다 생각하던 바를 마구 쏟아내기 시작했다. 조용하던 회의실이 저마다의 크고 작은 음성으로 소란스러워졌다. 가만히 이야기를 듣고 있던 관영효가 묵직한 음성으로 말했다.

"다들 아시다시피 피해는 생각보다 막심하다오. 본 맹의 중심이 되어줘야 할 이들이 당했으니…… . 가능한 한 이 소식은 더 이상 퍼지지 않도록 함구하셔야 하오. 아이들의 사기에도 문제가 생길 터이니. 안 그래도 요즘 들어 다툼이 점점 잦아지는 상황이지 않소. 큰 싸움이 되지 않도록 다들 단속 잘 부탁드리겠소."

모두 절정 고수라 칭해지는 이들이었지만 관영효의 말에는 거부할 수 없는 위엄이 담겨 있었다. 다들 표정은 달랐지만 고개를 끄덕이며 그 말에 동의했다. 그러다 문득 뱀처럼 날카로운 인상을 한 사내가 불쑥 물었다.

"그런데… 이번 일 말이오. 천뢰일가와는 정말 아무런 관련이 없는 거요?"

관영효와 엇비슷한 발언권을 지닌 사도맹주 막위운이었다. 번들거리며 날카로운 눈빛을 뿜어내는 막위운의 모습에 관영효가 고개를 갸웃했다.

"지금 그게 무슨 말씀이시오?"

"뭔가 이상하다고 생각하지 않소? 다들 아시다시피 그동안 천뢰일가와 무림은 서로에게 일절 관심을 보이지 않았었소. 무림이 혈겁(血劫)에 빠졌을 때에도 천뢰일가만은 아무런 움직임도 보이지 않았었지. 그런데 이번에는 가주 취임식에 본 맹의 사람을 초청하였소. 무슨 의도가 있었던 것은 아닌지……."

막위운은 의미심장한 얼굴로 말꼬리를 흐렸다. 관영효가 가만히 막위운을 바라보며 물었다.

"하시고 싶은 말씀이 뭐요?"

이미 막위운의 의도를 눈치챈 관영효였지만 그것을 스스로 입에 담는 것은 피하고 싶었다. 관영효와 눈을 마주친 막위운은 입꼬리를 슬며시 말아 올렸다. 무표정을 가장하고 있었지만 미세하게 파르르 떨리는 눈썹을 본 막위운이었다.

막위운은 잠시 뜸을 들이며 천천히 주위를 둘러보았다. 막위운의 의도를 눈치챈 몇몇의 낯빛이 이전보다 훨씬 어두워져 있었다. 좌중의 시선이 모두 막위운에게로 향했다. 막위운의 입이 천천히 벌어지기 시작했다.

"이번 일을 포함해, 최근 들어 생긴 수많은 사건이 혹 천뢰일가에서 꾸민 것이 아닌가 하는 생각이 들지 않소이까?"

막위운의 말이 끝나자 경악한 표정과 함께 숨 막힐 듯한 침묵이 찾아왔다. 잠시 후 가장 먼저 입을 연 것은 정파의 인물이었다. 도복을 입은 중년 사내가 떨리는 음성으로 물었다.

"지금… 그게 무슨 말씀이시오? 설마 천뢰일가가 마도의 주구라는 말씀이시오?"

"무슨 그런 말도 안 되는!"

"대체 무슨 의도로 그런 말씀을 하시는 게요? 아무리 천뢰일가가 그동안 무림과 담을 쌓아왔다지만, 마도의 주구라니……! 있을 수 없는 일이오!"

"천뢰일가의 신임 가주는 마라천을 멸한 고독검협이외다. 절대 마도와는 아무 관련 없을 게요!"

관영효를 제외한 정파, 정의맹의 수뇌들은 저마다 막위운의 말에 반박했다. 오랜 세월 북방의 마도를 막아온 천뢰일가를 정파인들은 조금도 의심하지 않았다. 하지만 사도맹, 사파의 인물들은 막위운의 말에 눈에 띄게 동요했다.

"저, 전혀 근거 없는 소리는 아닌 것 같소이다."

"동감이오. 왜 하필 지금껏 무림에 아무런 관심을 보이지 않다가 이런 시기에 취임식에 초대를 한단 말이오."

"어쩌면 천뢰일가에서 본격적으로 무림을 도모할 생각인지도 모르지 않소?"

사도맹의 수뇌들은 천뢰일가를 신뢰할 수 없다는 듯 말을 쏟아냈다. 중원 무림과 아무런 관련이 없는 천뢰일가였지만 정파의 성향에 가까운 터라 사파의 수뇌들은 거부감을 느끼는 것이었다.

"지금 그게 무슨 헛소리요! 천뢰일가는……!"

"그들이 마도의 주구가 아니라 확신할 수 있소이까?"

"지난 오랜 세월 동안 마도를 막아온 천뢰일가를 의심하다니, 제정신이시오?"

"무어? 뭐라 하시었소? 제정신이냐고? 지금 시비 거시는 게요?"

의견이 대립된 탓에 금세 언성이 높아졌다. 처음에는 서로 고성이 오가는 정도였다. 하지만 점점 감정싸움으로 옮겨가더니, 이내 흥분한 자들은 얼굴을 붉히며 내공을 끌어 올리기도 했다. 각자의 문파를 대표하는 고수들이 모인 자리였다. 누군가 먼저 손을 쓰기 시작한다면 초대형 참사가 벌어질 것이 분명했다.

하지만.

"모두 그만두시오!"

낮지만 묵직한 음성이 터져 나와 회의실 전체를 크게 뒤흔들었다. 관영효였다. 압도적인 위압감을 지닌 관영효의 외침에 좌중이 일시에 조용해졌다. 강렬한 존재감을 뿜어내는 관영효의 모습에 저절로 시선이 향했다.

잠시 크게 한숨을 내쉰 관영효가 막위운을 쳐다보며 조용히 물었다.

"사도맹주께서는 정사맹의 분열을 원하시는 게요?"

"그럴 리가 있겠습니까. 언제 본색을 드러낼지 모르는 마도를 상대함에 있어 신중에 신중을 기하자는 뜻일 뿐입니다."

막위운은 언제 그랬냐는 듯 입가의 미소를 지운 채 태연하게 대꾸했다. 상황을 악화시켜 놓고 슬쩍 빠지려 드는 막위운의 모습에 관영효의 한쪽 눈썹이 살짝 꿈틀했다.

'이 작자가 지금 나를 경동시키려는 겐가?'

문득 떠오른 생각을 지우며 관영효는 겉으로 감정이 드러나지 않게 담담한 어조로 다시 물었다.

"그러면 무슨 의도로 그러시는 거요? 어디 원하는 것이 있으면 말씀해 보시구려."

"티끌만 한 의심이라도 그냥 내버려 두면 어느새 태산처럼 커져 서로를 믿지 못하게 될 것입니다. 그러니 천뢰일가가 마도와 아무런 관련이 없다는 확증이 필요합니다."

"천뢰일가의 뒷조사를 하시겠다는 게요?"

"뭐, 말하자면 그런 셈이지요."

막위운은 고개를 끄덕이며 흘끗 사도맹의 수뇌들을 쳐다보았다. 다들 동의한다는 듯 고개를 끄덕이고 있었다. 그 모습에 관영효는 다시 한 번 길게 한숨을 내쉬었다.

"좋소. 이런 시기에 내분을 일으킬 수는 없는 일이니 어쩔수 없지. 그 일은 내 개방주께 언질을 해두겠소이다."

"아니. 저희 쪽에서 직접 하겠소이다. 그러는 편이 서로에게도 좋지 않겠습니까?"

막위운은 고개를 휘휘 내저으며 조용히 말했다. 개방의 정보를 믿지 못하겠다는 뜻이 은근히 담겨 있는 막위운의 말이었다. 그것을 알아들은 정파의 수뇌가 무어라 소리치려는 찰나, 관영효가 가볍게 손짓해 그들의 흥분을 가라앉혔다.

"하오문을 쓰시겠다는 게로구려. 그래야 만족하신다면 그렇게 하시구려."

"억지스런 부탁에도 배려해 주셔서 감사하외다."

막위운의 말에 대수롭지 않다는 듯 가볍게 고개를 끄덕인 관영효가 좌중을 둘러보며 말했다.

"다들 그 외에 더 건의할 안건이나 의견이 있소이까?"

약간의 웅성거림이 있기는 했지만 나서서 말을 하는 이는 없었다. 다시 한 번 주위를 천천히 둘러본 관영효는 조용히 말을 이었다.

"그러면 회의는 이걸로 마치겠소이다. 기존에 하던 일은 별다른 차질이 없다면 계속 진행하시오. 그리고 요즘 들어 아이들의 대치가 잦은 듯하니 다들 좀 신경 써주시구려."

회의가 끝나자 막위운을 비롯한 사도맹의 수뇌들은 약속이나 한 듯 일제히 몰려 나갔다. 정의맹의 수뇌들은 가만히 자리에 앉아, 멀어져 가는 인기척이 사라지기를 기다렸다. 관영효는 그 자리에서 팔짱을 낀 채 눈을 감고 나직이 한숨을 내쉬고 있었다.

잠시 후, 사도맹 수뇌들의 인기척이 완전히 사라지자 정도맹의 수뇌 중 하나가 입을 열었다.

"대체 무슨 생각이십니까, 맹주? 저열한 사파 놈의 말대로 하신다니요?"

마치 질책하듯 날아든 질문에 관영효가 천천히 눈을 떴다. 관영효는 아무런 말없이 질문을 한 이를 쳐다보았다. 관영효와 눈이 마주치자 질문을 던진 정의맹 수뇌는 저도 모르게 어깨를 움찔하며 고개를 돌렸다.

관영효가 길게 한숨을 내쉬며 말했다.

"후-우우, 지금 무엇이 중요한지 모르시겠소? 고작해야 자존심을 세울 뿐인 다툼을 해서 무어 소용이 있겠소이까. 언제 마도의 주구가 마각(馬脚)을 드러낼지 모르는 일이니, 사소한

다툼 따위는 그만두고 대비를 철저히 해야 하지 않겠소. 벌써 화산파에서 벌어진 일을 잊으신 게요?"

옳은 말이었다.

화산비검회에서의 대사건 이후, 마도의 움직임은 아직까지 포착되지 않았지만 언제고 벌어질 일이었다. 구파일방의 하나인 화산파를 반봉문 상태에까지 이르게 한 마도가 언제까지고 침묵하고 있을 리가 없었다.

"하, 하나 그렇다고 사파 놈들이 제 맘껏 날뛰게 내버려 둘 수는……."

"어허! 아직도 내 말을 이해하시지 못한 게요? 보다 중요한 일을 위해 사소한 것은 너그러이 넘기시오. 그것이 본 맹의 화합을 위한 일이라면 말이오."

관영효의 낮은 일갈에 질문을 한 수뇌는 그저 말없이 고개를 끄덕이는 수밖에 없었다. 상대가 더 이상 말이 없자 관영효는 가만히 다른 수뇌들을 바라보았다. 누구도 입을 여는 이가 없었다. 나직이 한숨을 내쉬며 관영효는 속으로 중얼거렸다.

'이런 시기에 홍 방주는 도대체 어디에 있는 겐지, 쯧!'

"대단하십니다, 사도맹주. 그 천협검제에게서 주도권을 빼앗아오다니요."

회의실이 있는 천룡각을 벗어나며 사도맹에 소속된 문파인 흑룡방의 방주가 말했다. 앞장서서 걸음을 옮기던 막위운은 흑룡방주에게로 고개를 돌렸다.

"별것 아닐세. 내가 그런 사소한 것에 기뻐할 것 같아 보이나?"

"그러면 무언가 노리시는 것이라도 있으신……?"

흑룡방주의 질문에 막위운은 의미심장한 미소를 지으며 말꼬리를 흐렸다.

"글쎄……?"

*　　　*　　　*

휘잉!

살짝 열린 창틈으로 바람이 불어와 주위를 밝히고 있던 등불이 크게 휘청였다. 벌써 몇 시진이나 그 자리에서 꼼짝도 하지 않고 서류를 검토하고 있던 양지하는 길게 기지개를 켜며 중얼거렸다.

"으으음! 이제 좀 쉬어야 할 거 같네."

굳은 어깨를 살짝 주무르며 양지하는 자리에서 일어나 책상 한쪽에 가득 쌓여 있는 서류를 구석으로 슬쩍 밀었다. 그러곤 무릎을 덮고 있던 담요를 펼쳐 등을 감쌌다. 그대로 책상에 엎드리며 양지하는 스륵 눈을 감았다.

졸음이 밀려왔다. 원래는 잠깐만 쉴 생각이었지만 워낙에 지친 탓인지 양지하는 자신도 눈치채지 못한 사이 잠이 들어 버렸다.

끼이익……!

양지하가 깊은 잠에 빠진 지 한 식경이 지날 무렵, 낮은 경첩의 마찰음과 함께 문이 열렸다. 안으로 조용히 들어선 것은 사진량이었다. 책상에 엎드린 채 잠들어 있는 양지하의 모습을 가만히 지켜보던 사진량은 소리를 내지 않고 조용히 다가갔다.

"꽤나 무리를 하고 있나 보군."

조용히 중얼거리며 사진량은 양지하의 명문혈에 손을 가져다 댔다. 미약하고 불규칙적인 기혈의 흐름이 느껴졌다. 사진량은 망설임 없이 내공을 끌어 올려 양지하의 몸에 주입했다.

"으음……!"

사진량의 막대한 내공이 밀려들자 양지하는 낮은 신음과 함께 파르르 몸을 떨었다. 사진량은 혈맥이 상하지 않게 최대한 주의를 기울이며 내공을 아낌없이 쏟아부었다.

시간이 지나자 지친 듯 보이던 양지하의 얼굴에 차츰 생기가 돌기 시작했다. 창백한 낯빛에 혈색이 돌아오고, 불규칙적인 기혈의 흐름이 안정적으로 되어갔다. 잠든 얼굴도 마치 좋은 꿈을 꾸고 있는 듯 편안한 표정이었다.

"후우우."

사진량은 길게 한숨을 내쉬며 양지하의 명문혈에서 손을 떼어냈다. 반 시진이 넘도록 내공을 미세하게 조정하며 끊임없이 주입한 탓에 허탈감이 느껴졌지만 사진량의 얼굴에는 조금의 표정 변화도 없었다.

스륵!

잠결에 양지하가 어깨를 들썩이자 몸을 덮고 있던 담요가 스륵 흘러내렸다. 가만히 잠든 양지하의 모습을 지켜보던 사진량은 흘러내린 담요를 덮어주었다. 이내 천천히 몸을 일으킨 사진량은 소리 나지 않게 조심스레 밖으로 걸음을 옮기기 시작했다.

"아닌 척해도 역시 하나뿐인 여동생은 신경 쓰이나 보지?"

조용히 걸음을 옮기던 사진량의 귓가에 낯익은 음성이 들려왔다. 그 자리에서 멈춰선 사진량이 음성이 들려온 방향으로 고개를 돌렸다. 복도를 밝히고 있는 횃불의 그림자 사이에서 누군가 모습을 드러냈다.

남궁사혁이었다. 히죽 미소를 짓고 있는 남궁사혁을 흘끗 쳐다본 사진량은 무표정한 얼굴로 대꾸했다.

"무슨 소리냐?"

"뭔 소리긴, 인마. 하여간에 발뺌하기는……."

남궁사혁은 살짝 혀를 차며 면박을 줬다. 하지만 여전히 사진량은 눈 하나 깜짝하지 않는 무표정한 얼굴이었다. 전혀 동요 없는 사진량과 눈을 마주한 남궁사혁은 길게 한숨을 내쉬며 말을 이었다.

"에효, 내가 말을 말아야지. 그나저나 말이다……."

금세 진지한 표정으로 바꾼 남궁사혁이 말꼬리를 흐리며 조심스레 눈치를 살폈다. 사진량은 남궁사혁의 갑작스러운 변화에 고개를 갸웃했다.

"뭐냐?"

"얼마나 더 버틸 수 있겠냐?"

남궁사혁의 질문에 사진량은 잠시 침묵했다. 남궁사혁은 다시 묻지 않고 가만히 사진량을 쳐다보며 대답을 기다렸다. 이내 사진량이 낮은 한숨과 함께 입을 열었다.

"글쎄… 무어라 확실하게 말할 수 있는 상황이 아니다. 오랜 시간 계속해서 영약을 복용해 왔고, 몸속에 남아 있는 약기운이 혈맥의 손상을 늦춰주고 있긴 하지만……."

본래 구음절맥을 타고난 이는 대부분 열다섯을 넘지 못하고 온몸의 혈맥이 가늘어지다가 수천수만 조각으로 찢겨져 죽음에 이르게 된다. 올해 열여덟인 양지하가 지금까지 버틴 것은 그동안 꾸준히 영약을 복용한 덕분이었다.

하지만 그것도 이제 장담할 수 없었다.

영약을 복용으로 구음절맥의 진행을 늦췄을 뿐, 치료가 된 것은 아니었으니. 발작의 주기가 점점 짧아지고 있다는 것은 영약의 효능이 점점 떨어지고 있다는 뜻이었다.

양지하는 심지가 불씨에 닿아 있어 언제 불이 붙어 폭발할지 모르는 벽력탄처럼 불안정하기 짝이 없는 상태였다. 지금까지와는 다른 무언가 특별한 조치를 취하지 않으면 언제 심한 발작이 일어나 목숨을 잃을지 모르는 일이었다. 그나마 사진량이 조금 전처럼 추궁과혈을 하고 있어서 좀 더 버틸 수 있는 것이다.

"이대로 가만히 두고 볼 셈이냐?"

남궁사혁이 조용히 물었다. 사진량은 여전히 무심한 얼굴로 입을 열었다.

"당장은 어쩔 수 없지만……."

사진량이 말꼬리를 흐리자 남궁사혁이 가까이 다가오며 물었다.

"방법이 있는 거냐?"

"아주 힘들겠지만……."

확실한 대답이 아니었지만 그것만으로도 충분했다. 남궁사혁은 굳은 표정을 풀고 조금은 안심했다는 얼굴로 한숨을 푹 내쉬었다.

"그렇군… 혹 내 도움이 필요한 일이 생기면 언제든 얘기해라. 양 소저를 위해서라면 내 목숨까지도 버릴 수 있으니까."

남궁사혁은 이내 언제 그랬냐는 듯 히죽 미소를 지었다. 능글맞은 미소를 짓는 남궁사혁의 모습에 사진량은 짧은 한마디를 남기고는 그대로 휙 돌아서서 걸음을 옮기기 시작했다.

"미친놈……"

사진량이 밖으로 나간 지 반 시진여.

양지하는 아직까지 몸속에 남아 있는 따뜻한 기운을 느끼며 서서히 잠에서 깨어났다. 의식은 돌아왔지만 포근한 기운에 눈을 뜨고 싶지 않았다.

하지만 할 일이 아직 많이 남아 있었다. 양지하는 아쉬움이 가득한 얼굴로 엎드린 상체를 일으키며 천천히 눈을 떴다.

스륵!

어깨 위까지 덮여 있던 담요가 미끄러져 바닥에 떨어졌다. 저도 모르게 떨어진 담요를 집어 들려고 상체를 숙인 양지하는 문득 방 안의 분위기가 달라진 것을 느끼고는 멈칫했다.

"뭐지……?"

이내 담요를 집어 든 양지하는 천천히 주위를 둘러보며 고개를 갸웃했다. 이내 문이 아주 약간 열려 있는 것을 발견한 양지하는 희미한 미소를 지었다. 자신이 잠든 사이에 누군가 잠시 다녀간 모양이었다. 양지하는 희미한 미소를 지으며 자신의 가슴 언저리에 살짝 손바닥을 가져다댔다.

두근! 두근!

심장이 뛰는 소리가 잠들기 전보다 훨씬 힘차고 강해져 있었다. 벽에 걸린 명경(明鏡) 너머로 보이는 얼굴에는 혈색이 적당히 돌고 있었다. 몸도 한결 가벼워진 것이 느껴졌다.

문득 사진량의 얼굴이 떠올랐다. 잠결이었지만 사진량의 따뜻한 손길을 느낀 것 같은 기분이 들었다. 양지하는 입가에 미소를 띤 채 손에 든 담요를 반으로 접어 무릎에 덮었다. 그러곤 한쪽으로 밀어둔 서류 더미를 가져와 잠들기 전에 하던 일을 계속하기 시작했다.

"이제 절반 정도 남았나?"

양지하는 남은 서류 더미를 흘깃 쳐다보며 나직이 중얼거렸다. 지금 양지하가 보고 있는 서류는 일전의 회의에서 사진량이 맡긴 일이 아니라, 은규태가 죽은 후부터 하던 일과 관련된 것이었다.

바로 천뢰일가의 모든 가인의 신원을 재조사하고 있었다. 은규태 말고도 마도의 간자가 스며들었음은 틀림없을 터. 서류 조사만으로는 완벽하게 색출해 낼 수는 없겠지만, 조금이라도 의심이 가는 자들은 따로 분류해 놓아야 했다. 그래야만 위기가 닥쳤을 때에 뒤통수를 맞는 일을 최소화할 수 있으니.

과거의 기록이 남아 있지 않은 자들은 남궁사혁을 통해 개방의 도움을 받아 어느 정도 뒷조사를 할 수 있었다. 책상에 쌓여 있는 서류는 그렇게 끌어모은 자료들이었다.

지금까지 검토를 끝낸 인원 중 의심이 가는 자들만 해도 숫자가 상당히 많았다. 지금까지의 상황으로 봐서는 신원이 의심할 여지없이 확실한 자들은 고작해야 채 일 할도 되지 않았다. 그 외의 모두가 마도의 간자일 리는 없지만, 최악의 경우를 생각해 대비해야 했다.

우선은 모두의 신원 확인을 빨리 끝내야 했다. 양지하는 손을 들어 양 볼을 살짝 두드리며 두 눈에 힘을 줬다. 양지하가 일을 시작하자 높이 쌓여 있던 서류 더미의 양이 빠른 속도로 줄어들기 시작했다.

양지하는 눈 한 번 깜짝하지 않고 날이 밝아올 때까지 서류 더미를 검토하고, 또 검토했다.

*   *   *

삐이익―!

날카로운 괴조음(怪鳥音)이 저 먼 하늘 너머에서 들려왔다. 규칙적인 호흡을 뱉어내며 몇 시진이나 쉬지 않고 마치 말에 탄 것처럼 빠른 속도로 길을 내달리던 홍영은 그 자리에 멈춰서서 소리가 들린 방향으로 고개를 돌렸다.

홍영의 눈에 구름 한 점 없는 맑은 하늘에 찍혀 있는 작은 점 하나가 보였다. 내공을 끌어 올려 안력을 높이자 작은 점이 빠른 속도로 다가오는 수리매라는 것을 알 수 있었다.

삐이이! 삐익—!

홍영은 손을 들어 아랫입술을 잡고 휘파람을 크게 불었다. 소리를 들은 것인지 수리매는 노란 안광을 뿜어내며 곧장 홍영을 향해 날아들었다.

쉬이익!

상당히 먼 거리였지만 순식간에 거리를 좁혀온 수리매는 홍영의 머리 위 높은 곳을 빙글빙글 맴돌았다. 수리매의 날갯짓 소리가 귓가에 들려왔다. 홍영은 고개를 들어 수리매를 바라보며 손을 들었다. 가볍게 주먹을 그러쥔 채 검지를 펼치자 허공을 맴돌던 수리매가 그대로 홍영을 덮쳐왔다.

쉬익! 푸드득! 푸득!

날개를 접고 그대로 수직 하강한 수리매는 홍영에게 닿기 직전 날개를 펼쳐 구부러진 검지에 안착했다. 홍영은 수리매의 머리를 쓰다듬으며 씨익 미소를 지었다.

"오랜만이로구나, 휘아야."

휘아라 불린 수리매의 한쪽 발목에는 작은 죽통이 매달려 있었다. 죽통에 시선이 닿은 홍영의 눈빛이 날카롭게 번쩍였다. 홍영은 죽통을 회수하고는 손을 번적 들어 수리매를 날렸다.

푸드득!

거센 날갯짓을 하며 하늘 높이 날아오른 수리매는 마치 자신을 부르기를 기다리기라도 하는 듯 홍영의 머리 위를 둥글게 맴돌았다. 홍영은 자못 심각한 얼굴로 죽통을 열어 안에 든 밀서(密書)를 꺼내 들었다.

손바닥만 한 크기의 작은 밀서에는 깨알 같은 작은 글자가 가득 쓰여 있었다. 그 자리에 서서 밀서를 다 읽은 홍영은 그대로 내공을 끌어 올렸다.

화르륵!

삼매진화의 불길이 손끝에서 일어나 밀서를 순식간에 불태웠다. 손에 남은 밀서의 재를 털어내며 홍영이 나직이 중얼거렸다.

"흐음, 아무래도 무언가 실마리를 잡긴 잡은 모양이로군. 이렇게 만나자고 하니 말이야. 좀 더 서둘러야겠군."

다시 걸음을 옮기려던 홍영은 순간 멈칫하더니 품속을 뒤져 육포 조각을 꺼내 들었다. 그러곤 허공을 향해 던지며 소리쳤다.

"아 참! 깜빡했구나. 먼 길 오느라 수고 많았다, 휘아야. 이건 작지만 내 선물이란다!"

홍영의 머리 위를 맴돌던 수리매는 그대로 육포를 허공에서 낚아챈 후, 더욱 높이 날아올랐다. 피식 미소를 지으며 그 모습을 쳐다본 홍영은 천천히 돌아섰다.

그리고.

파팟!

수리매 휘아를 보고 멈춰 서기 전보다 훨씬 빠른 속도로 내달리기 시작했다.

취팔선보(醉八仙步).

개방의 용두방주에게만 전해지는 궁극의 보법이 극성으로 펼쳐졌다. 한 걸음 내디디기만 한 것 같았지만 어느새 홍영의 신형은 한 줄기 바람처럼 저 멀리 사라져 버렸다.

삐이익!

그 모습을 지켜보듯 하늘 높이 날고 있던 수리매가 날카로운 괴조음을 토해냈다.

*   *   *

"전체 인원의 구 할이라… 이거야, 원. 믿을 사람 하나 없다는 소리나 마찬가지네, 쓰읍!"

남궁사혁은 쓸쓸한 미소를 지으며 혀를 찼다. 장일소의 반응도 비슷했다. 군은 얼굴로 연신 한숨을 푹 내쉬고 있었다. 하지만 사진량은 달랐다. 천뢰일가의 가인들 대부분을 믿을 수 없다는 사실에도 사진량의 무표정한 얼굴은 변하지 않았다.

"이 자리에 있는 사람 외에는 아무도 믿지 않는다. 처음부터 그렇게 말했을 텐데 괜한 시간 낭비를 했군."

사진량은 무심한 얼굴로 양지하를 쳐다보며 그렇게 말했다. 사진량과 눈이 마주친 양지하는 무안함에 저도 모르게 고개를 숙였다.

갑자기 남궁사혁이 벌떡 일어나 사진량을 비난했다.

"너 인마! 무슨 말을 그렇게 하냐? 평생을 천뢰일가에서 지낸 양 소저 입장에서는 꼭 확인해 봤어야 할 문제 아니냐? 충분히 이해할 수 있는 거구만, 시간 들여 고생한 사람을 그렇게 무안이나 주고 말이야. 배려심이라고는 눈곱만큼도 없는 이기적인 자식 같으니라고."

"남궁 소협, 전 괜찮……."

남궁사혁의 비난에 양지하가 먼저 고개를 휘휘 내저으며 말렸다. 하지만 말을 제대로 끝내기도 전에 사진량이 양지하를 쳐다보며 입을 열었다.

"그렇군. 내가 너무 무심했다. 미안하군."

쉽사리 자신의 잘못을 인정하는 사진량의 모습에 남궁사

혁은 자못 당황했다. 지금까지 단 한 번도 보지 못한 낯선 모습이었다.

"어, 커흐음. 그래, 자식아. 그렇게 인정하니까 얼마나 좋냐. 앞으로는 신경 좀 써라."

남궁사혁은 떨떠름해하는 얼굴로 헛기침을 했다. 하지만 그러면서도 한마디 슬쩍 덧붙이는 것을 잊지 않았다. 사진량은 무표정한 얼굴로 고개를 끄덕이며 대꾸했다.

"알았다. 앞으로는 신경 쓰도록 하지. 그나저나 그것 말고 다른 중요한 얘긴 없는 건가?"

사진량의 질문에 양지하는 가만히 고개를 내저었다.

"아직 삼 할 정도밖에 확인하지 않았지만, 본가에 남아 있는 기록 중에는 근래의 일과 비슷한 일이 생긴 적이 없었어요. 하지만 남아 있는 기록 중에 있을지도 모르니 닷새만 더 주세요. 그 안에는 모두 확인할 수 있을 거예요."

"너무 무리하는 것은 아닌가?"

사진량의 질문에 양지하는 가만히 고개를 내저으며 대답했다.

"괜찮아요. 왠지 모르겠지만 이전보다 몸 상태가 훨씬 좋아진 것 같으니까요. 그 정도면 충분할 거예요."

"그러면 맡기겠다. 혹시 모를 일이니 조금이라도 무리라고 생각되면 곧바로 말해야 한다."

"그럼요. 물론이죠."

양지하는 빙긋 미소를 지으며 고개를 끄덕였다. 사진량은 자세히 보지 않으면 알아채지 못할 정도로 아주 살짝 입꼬리를 말아 올렸다. 이내 원래의 무심한 얼굴로 돌아온 사진량은 장일소에게로 고개를 돌리며 물었다.

"오대봉신가의 동향은 어떤가?"

"그것이… 상황이 좀 묘하게 돌아가고 있습니다."

굳은 얼굴을 한 장일소가 조용히 대답했다. 의외의 말에 사진량이 다시 물었다.

"상황이 묘하다……? 그게 무슨 소리지?"

입안이 마른 것인지 장일소는 혀를 살짝 내밀어 입술에 침을 바르고는 천천히 말을 이었다.

"일전에 냉혈가에서 적혈가의 영역을 침범했다고 말씀드린 적이 있지 않습니까. 그런데 어떻게 된 일인지 냉혈가가 기껏 차지한 곳을 다시 적혈가에 내주고 스스로 물러났다고 합니다. 그리고 통상적인 외부 활동 말고는 모두 멈추고, 반봉문 상태에 들어갔다고 합니다."

"어떻게 된 일이지? 그렇게 쉽게 물러날 자가 아니지 않던가?"

사진량은 냉혈가의 가주인 적무광의 탐욕스러운 얼굴을 떠올렸다. 다른 네 가주가 일제히 반란을 일으켰을 때, 유일하게 기회를 살피다 전세가 기울자 사진량 쪽에 손을 보탠 인물이었다.

전형적인 기회주의자에 야망이 가득한 자.

그것이 사진량이 꿰뚫어 본 적무광의 본질이었다. 그런 자가 한번 차지한 영역에서 스스로 물러난 데다 반봉문까지 했다니, 있을 수 없는 일이었다.

내공의 금제 때문에 다른 네 봉신가가 약해져 있는 절호의 기회였다. 아예 나서지 않았다면 모를까 제 스스로 물러날 자는 아니었다.

그런데 어째서?

사진량의 질문에 장일소는 가만히 고개를 내저으며 대답했다.

"자초지종을 알아보려고 사람을 보내놓긴 했습니다만… 아직 이렇다 할 소식이 없습니다. 조금 더 시간이 필요할 듯합니다."

"최대한 빨리 사정을 알아내도록. 아무래도 앞으로의 일과 관련이 있을 것 같은 예감이 드는군."

사진량은 무거운 어조로 조용히 말했다. 표정은 변함없었지만 더욱 무거워진 사진량의 음성에 장일소는 저도 모르게 침을 꿀꺽 삼키며 고개를 끄덕였다.

"아, 알겠습니다, 가주. 최대한 빨리, 상세히 알아내도록 하겠습니다."

"조사대의 일은?"

자신을 향한 사진량의 질문에 양지하는 고개를 내저었다.

"별다른 수확은 없어요. 폐촌이 된 작은 마을이 몇 군데 더 발견된 것 말고는……."

"모두 몇 곳이나 더 발견되었지?"

"이 조가 두 곳, 구 조가 세 곳, 그리고 십사 조가 두 곳을 발견했어요. 장소는……."

양지하는 말꼬리를 흐리며 붓을 들어 탁자 위에 펼쳐진 지도에 표시를 했다. 지도가 붉은 점 수십 개로 가득 차 있었다. 얼핏 보기에 천뢰일가를 중심으로 커다란 원을 그리고 있는 것 같았다. 아직까지 완전한 원형이 되기에는 공백이 많기는 했지만.

"원을… 그리고 있는 건가?"

사진량은 표시가 된 지도를 내려다보며 나직이 중얼거렸다. 뒤이어 남궁사혁이 입을 열었다.

"모양을 보아하니 그런 것 같긴 한데… 이거 어쩌면 소림에 서 있었던……."

남궁사혁은 저도 모르게 장일소와 사진량을 번갈아 쳐다보았다. 사진량은 가만히 고개를 내저으며 말했다.

"아니, 상황이 다르다. 소림에서는 땅속 깊이 말뚝을 박아 넣었으니. 안 그런가?"

사진량은 장일소를 처다보며 물었다. 잠시 생각하던 장일소는 고개를 끄덕였다.

"가주의 말씀이 옳은 듯합니다, 남궁 소협."

"흐음, 그런가……? 내 직감으론 어쩐지 그 일과 비슷한 느낌이 강하게 드는데 말입니다."

"아직 속단할 수는 없는 일이니, 조사 결과를 좀 더 기다려 보는 것이 좋을 것입니다."

장일소의 말에 남궁사혁은 팔짱을 끼며 나직이 한숨을 내쉬었다. 세 사람이 주고받는 말을 가만히 듣고 있던 양지하가 조용히 끼어들었다.

"지금 다들 무슨 말씀을 하시는 거죠? 좀 설명해 주시겠어요?"

"아차! 너무 저희끼리만 아는 얘기를 했나 보군요. 제가 설명해 드리겠습니다, 양 소저."

남궁사혁이 다른 누가 끼어들 새라 잽싸게 입을 열었다. 양지하가 남궁사혁에게로 고개를 돌렸다. 눈이 마주치자 남궁사혁은 씨익 미소를 지으며 말을 이었다.

"그러니까 그게 말입니다……."

*　　　　*　　　　*

탁탁! 타탁!

어둠 속에서 냉혈가의 가주 적무광은 의자의 팔걸이를 손가락으로 소리 나게 두드리고 있었다. 단단하기로는 무쇠와도 맞먹는 흑철목으로 만들어진 팔걸이에 손가락이 부딪친 자국이 생겨나 움푹 파였다.

"곧 연락을 하겠다던 작자가 대체 무얼 하느라 이리 늦는 거지? 이럴 줄 알았다면 내 병력을 물리지 않을 것을 그랬군. 적혈을 내 발 아래에 둘 절호의 기회이지 않았던가……! 이러다 또 그 작자의 농간에 놀아나는 건 아닌가 모르겠군."

적무광은 신경질적으로 중얼거리며 계속해서 팔걸이를 두드렸다. 본래 계획대로라면 지금쯤 적무광은 녹음풍을 무릎 꿇리고 적혈가 전체를 장악했을지도 모르는 일이었다.

그렇게 적혈가를 시작으로 나머지 오대봉신가를 차례로 쓰러뜨려 발아래에 둔 후, 최종적으로 천뢰일가 전체를 집어삼키는 것이 적무광의 목적이었다. 자신을 제외한 다른 네 가주 모두 무공의 금제를 당한 탓에 충분히 실현 가능한 일이었다.

자신 있게 나섰지만 병력을 물리고 냉혈가로 돌아온 적무광이었다. 생각대로 일이 풀리지 않아서가 아니라 은밀히 자신을 찾아온 정체불명의 사내 때문이었다.

자신을 철혈가주 곡상천의 전령이라고 소개한 사내는 얼핏 듣기에 솔깃해 보이는 제안을 해왔다. 처음에는 무시하려 했다. 하지만 선물이라며 가져온 묘한 환약에 마음이 흔들렸다.

암명환.

무림 삼대 영약 중 하나인 화산파의 자소영단과 흡사한 제조법으로 만들어진 환약이었다. 심한 내상의 치유는 물론, 내공까지 증진시켜 주는 영약 중의 영약이라고 할 수 있었다.

어쩐지 이름이 마음에 들지 않긴 했지만, 오랫동안 무공이 답보 상태에 빠진 적무광으로서는 거절할 수 없는 선물이었다. 오랜 고민 끝에 곡상천의 제안을 받아들인 적무광은 병력을 냉혈가로 되돌리고, 암명환을 약속의 증표로 받았다.

암명환의 효능은 놀라웠다.

더 이상 늘어나지 않고 정체되어 있던 내공이 순식간에 일 갑자 가까이 증가했다. 뿐만 아니라 기해의 크기도 이전보다 훨씬 커졌다. 때문에 한동안 늘어난 내공을 수습하기 위해 폐관수련을 해야 했다.

보름 동안의 폐관수련을 마친 후, 적무광은 곡상천으로부터의 연락을 기다리고 있었다. 금방 연락을 할 거라던 것과는 달리 달포가 넘게 지났음에도 아무런 소식도 없었다. 때문에 적무광은 초조함을 감출 수 없었다.

암명환을 복용해 정체된 무공이 진일보하긴 했지만, 차라리 적혈가를 차지하는 것이 더 이득이었을지도 모른다는 생각이 자꾸만 머릿속을 맴돌았다.

"젠장! 딱 닷새다. 닷새 안에 연락이 오지 않으면 원래 계획대로 진행할 것이다!"

본래 신중하기 짝이 없던 적무광이었지만, 암명환을 복용한 이후 인내력이 줄어 쉽게 조급함을 느끼는 성격이 되어버렸다. 하지만 정작 적무광은 무엇 때문인지 자신의 성격 변화를 인지하지 못하고 있었다.

왈칵 인상을 찌푸리며 버럭 소리친 적무광은 그대로 벌떡 일어나 휙 돌아섰다. 아무래도 오늘도 폐관수련장에서 한바탕 검을 휘둘러야 조급증이 조금이라도 가라앉을 것 같았다.

적무광은 의자 옆에 기대어 놓은 자신의 검을 꽉 움켜쥐었다. 그대로 곧장 폐관수련장을 향해 걸음을 옮기려는 순간.

"어째 못 뵌 사이에 성격이 많이 변하신 것 같구료?"

낯익은 음성이 적무광의 귓가에 날아들었다. 움찔 놀란 적무광이 그 자리에 멈춰 섰다. 고개를 돌리자 언제부터 그 자리에 있었던 것인지 반쯤 열린 창가에 한 인영이 서 있는 것이 보였다.

철혈가주 곡상천이었다.

금세 곡상천을 알아본 적무광의 눈이 커졌다. 지난번에 왔

던 전령을 통해 소식을 전할 거라 생각했던 적무광이었다. 그
런데 곡상천이 직접 나설 줄이야. 생각지도 못한 일이었다.

"어, 어떻게……?"

짧은 질문이었지만 거기에 담긴 수많은 의문을 단번에 알
수 있었다. 곡상천은 흰 이를 드러내며 피식 미소를 지었다.

"아아, 전령만 보내면 성의 없다고 생각하실 것 같아서 이
렇게 직접 찾아왔소이다. 뭐, 본가에는 대역을 세워뒀으니, 내
가 이곳에 온 것을 아무도 모를 거요."

"아니, 그건 그렇다 치더라도……."

적무광은 여전히 놀란 눈을 하고 있었다.

곡상천에게서 느껴지는 심상치 않은 존재감에 왠지 모르게
위축이 되는 것 같았다. 곡상천은 분명 사진량에게 내공의 금
제를 당하지 않았던가. 그런데 자신이 알고 있던 것보다 훨씬
강해진 것 같았다.

'아, 암명환을……!'

그것이 아니라면 지금 자신의 눈앞에 있는 곡상천의 변화
를 달리 설명할 도리가 없었다.

하지만 무언가 이상했다. 아무리 적무광 자신의 무공이 답
보 상태였다고 해도 분명 곡상천의 무공은 분명 한 수 아래였
다. 그런데 지금 느껴지는 곡상천의 무공은 절대 자신의 아래
가 아니었다. 암명환 덕분에 내공이 크게 상승한 상황인데도

곡상천을 이길 자신이 없었다.

내공의 금제까지 당했던 곡상천이 어째서 이렇게까지 강해진 것인지 알 수 없었다. 암명환의 공능이라 해도 이해가 가지 않았다.

적무광은 저도 모르게 침을 삼키며 곡상천을 쳐다보았다. 어쩐지 그러쥔 손아귀에 식은땀이 맺힌 것 같았다.

"지금 무슨 생각을 그리 하시는 게요? 이 곡 모가 직접 찾아온 것 때문이오?"

곡상천이 미소를 지으며 물었다. 섬뜩한 느낌이 드는 미소였다. 적무광은 고개를 휘휘 내저으며 대답했다.

"아, 아무것도 아니오. 그저 곡 가주께서 직접 오실 것은 예상치 못한 터라 잠시 놀랐을 뿐이외다."

적무광은 심중의 동요를 억누르고 태연한 얼굴을 가장했다. 곡상천과 눈이 마주치자 등줄기를 타고 한 줄기 식은땀이 주룩 흘러내렸다. 절로 입안이 바짝 말라갔다. 곡상천은 입꼬리를 살짝 말아 올린 채 천천히 입을 열었다.

"그러면 어디 이야기해 봅시다. 우리 두 봉신가의 미래를 말이오, 후후후후."

第四章
오귀 각성

푸드득!

열린 창을 통해 전서구 몇 마리가 하늘 높이 날아올랐다. 오귀는 멀어져 가는 전서구를 한 차례 쳐다본 후 길게 한숨을 내쉬었다. 본래라면 신강 분타를 통해 연락을 주고받아야 하지만 번거롭기도 하고 중간에서 정보가 새어 나갈 우려도 있어, 천뢰일가에서 직접 전서구를 보내고 있었다.

"사실이라면… 엄청난 일이 되겠군."

오귀는 어두운 낯빛으로 나직이 중얼거렸다. 조금 전 홍영으로부터 온 전서 때문이었다. 탁자 위에 놓인 접시에서 불타고 있는 전서의 내용은 심각하기 짝이 없는 내용이었다.

오랜 세월 이어져 온 무림의 큰 행사, 화산비검회를 엉망으로 만들고 화산파를 반봉문에 이르게 한 마도의 주구, 그들을 견제하기 위해 결성된 정사연합무맹에 마도의 간자가 있다는 것이었다. 그것도 최상층부의 핵심 인력 중에 있을 가능성이 높았다.

그렇다는 것은 정사맹의 모든 활동을 마도가 쉽사리 파악할 수 있다는 뜻이었다. 내부의 기밀 정보가 새어 나갈 경우, 자칫하다간 정사맹 그 자체가 붕괴될지도 모르는 일이었다.

서신에는 간자로 의심되는 자의 이름은 쓰여 있지 않았다. 아직까지는 확실한 물증이 없이 심증만 있는 상태인 것 같았다. 하지만 그것만으로도 정사맹이 위험하다는 사실은 달라지지 않았다.

"아무래도 주군께 보고해야겠군."

긴 한숨을 내쉬며 오귀는 천천히 몸을 일으켰다.

그때였다.

덜컹!

문이 열리는 소리와 함께 오귀가 찾아가려던 남궁사혁이 방 안으로 들어왔다. 남궁사혁의 얼굴을 본 순간 오귀는 저도 모르게 어깨를 흠칫 떨었다. 비무를 가장한 일방적인 구타를 시도하려 할 때의 얼굴이었다.

"여어, 종복 놈아! 지금 바쁘… 아니, 얼굴이 왜 그렇게 똥
씹은 표정이냐? 내가 온 게 그렇게 아니꼬운 거냐?"

주먹을 슬며시 그러쥐는 남궁사혁의 모습에 오귀는 대경실
색하며 다급히 고개를 내저었다.

"아, 아닙니다, 주군! 그것이 아니라 조금 전 사부께서 보내
신 소식 때문에 그런 겁니다."

"홍 방주께서? 대체 무슨 소식이길래?"

"그, 그것이……."

오귀는 말꼬리를 흐리며 바싹 마른 입술에 침을 바르고는
최대한 낮은 음성으로 곧장 말을 이었다.

"아무래도 정사맹 상층부에 마도의 간자가 있는 것 같다고
합니다. 아직까지 확실한 물증은 없지만……."

오귀는 전에 없이 어둡고 심각한 얼굴이었다. 사실이 밝혀
진다면 무림에 큰 혼란이 닥칠 것이 뻔한 일이었기 때문이었
다.

하지만 남궁사혁은 달랐다. 심드렁한 얼굴을 한 채 계지(季
指: 새끼손가락)로 귓구멍을 후비며 대수롭지 않다는 듯 말했다.

"뭐야? 겨우 그거 때문에 다른 사람들도 우울하게 만드는
고딴 표정을 지은 거냐?"

"겨, 겨우 그거라니요. 무림의 대위기가……."

"멍청한 놈. 홍 방주 말로는 개방 역사상 최고의 기재니, 총

명함이 남달랐다드니 어쩌니 하더니, 무슨 개뿔……! 인마, 그 정도는 이미 다들 예상하고 있던 일 아니었냐? 천뢰일가 내부에도 정체를 드러내지 않은 간자를 심어둘 정도의 놈들이다. 하물며 급조된 정사맹이라면 더 쉬웠겠지. 천의문 정도의 문파를 제 수족 부리듯 할 정도이니, 얼마나 많은 문파가 놈들의 손아귀에 있을지는 아무도 모를 거다."

빠르게 쏟아내는 남궁사혁의 말에 오귀는 말문이 탁 막혔다. 듣고 보니 옳은 말이었다. 그러고 보면 애초부터 사부인 홍영은 정사맹의 상층부에 간자가 있을 거라 예측하고 있던 것 같았다. 그렇지 않다면 이렇게 빨리 수상쩍은 인물을 추려낼 수 없었을 테니.

"주군께서 옳습니다. 제 생각이 짧았군요."

"어이구, 그러니까 네놈이 종복 수준을 벗어나지 못하는 거다. 머리가 달렸으면 생각이라는 걸 해야지. 안 그러냐?"

"면목 없습니다."

오귀는 고개를 숙이며 사죄했다. 제 자신이 한심스럽기 짝이 없었다. 조금만 생각해 보면 금세 알아차릴 수 있는 것을 듣고 나서야 알게 되다니. 그동안 나태하게 지내온 것에 후회가 밀려왔다.

"그거 말고는 딴 소식은 없었냐?"

귓가로 날아든 남궁사혁의 질문에 오귀는 가만히 고개를

내저으며 대답했다.

"딱히 신경 쓰실 만한 일은 없었습니다."

"그러냐? 흐음… 그러면 더 할 일은 이제 없는 거지?"

"네, 그렇긴 합니다만……."

오귀의 대답에 남궁사혁은 씨익 입꼬리를 말아 올리며 손가락을 까딱까딱해 보였다. 어쩐지 불안한 느낌에 오귀는 주춤주춤거렸다. 그 모습에 남궁사혁은 미간을 살짝 찌푸렸다.

"뭐 하냐? 따라 오라니까?"

남궁사혁의 다그침에 움찔한 오귀는 어깨를 축 늘어뜨린 채 내키지 않는 걸음을 옮기기 시작했다.

"가, 갑니다, 주군!"

캉! 카캉!

날카로운 금속성이 주위를 뒤흔들었다. 고태와 관지화, 두 사람은 조금도 봐주지 않고 전력을 다해 손속을 주고받았다. 목숨을 건 실전과도 같은 비무를 두 사람은 하루도 빠지지 않고 계속하고 있었다.

그 덕분인지 두 사람의 무공은 서로 경쟁하듯 발전을 거듭하고 있었다. 벽에 부딪칠 때면 남궁사혁이나 사진량이 나서서 두 사람을 동시에 상대해 한계를 넘어설 실마리를 잡게 해 주었다.

그렇게 끊임없는 실전 비무를 거쳐 두 사람의 무공은 날이 갈수록 일취월장(日就月將)하고 있었다. 두 사람이 합공을 펼친다면 웬만한 고수들은 능히 상대할 수 있을 정도의 수준이었다.

"이건 워뗘?"

"으헉! 위험!"

호기롭게 소리치며 달려드는 고태의 공격에 관지화는 짧은 신음을 토해내며 다급히 뒤로 물러났다. 고태의 철곤(鐵棍)이 아슬아슬하게 관지화의 머리끝을 스쳤다. 후웅, 하는 묵직한 파공성이 귓가를 스쳤다. 조금만 늦었다면 그대로 머리통이 으스러졌을지도 모르는 무지막지한 공격이었다.

식은땀이 절로 날 법한 상황이었지만 관지화는 눈 하나 깜짝하지 않았다. 그저 낮은 숨을 토해내며 빙긋 미소를 지어 보였다.

"후우, 정말 대단한 수법이었수. 간담이 다 서늘해지는구만요. 이번에 내 차례요. 어디 한번 받아보슈!"

관지화는 그대로 대부를 꽉 그러쥐고 고태를 향해 달려들었다. 얼굴은 웃고 있었지만 대부에서 뿜어져 나오는 기세는 심상치 않았다. 날을 세우지 않은 대부인데도 날카로운 예기가 느껴질 정도였다.

"어여 와보라고, 관 동생!"

사생결단이라도 내듯 맹렬한 기세로 달려드는 관지화의 모습에 고태는 빙긋 미소를 지으며 철곤을 고쳐 쥐었다.

후우웅!

주위를 뒤흔드는 커다란 파공성과 함께 관지화의 대부가 무시무시한 기세로 허공을 갈랐다. 금방이라도 고태의 머리를 두 조각 내버릴 것 같은 예기가 뿜어져 나왔다.

하지만 고태는 물러나지 않고 철곤을 들어 올리며 기합성을 터뜨렸다.

"허이압!"

올려친 고태의 철곤이 관지화의 대부와 부딪치려는 순간! 떨어져 내리던 대부가 순식간에 시야에서 사라졌다. 관지화가 갑자기 바닥을 박차고 뛰어올라, 고태의 머리 위를 빙글 뛰어넘은 탓이었다.

휘리릭! 타탁!

순식간에 고태의 배후를 차지한 관지화는 무거운 대부를 들고도 전광석화 같은 연속 공격을 시도했다.

스파파팟!

대부가 수십 자루로 보일 정도의 빠른 공격!

등을 보이고 있던 고태는 보지도 않고 그대로 앞으로 몸을 날렸다. 동시에 허리를 비틀며 온 힘을 다해 철곤을 이리저리 휘둘렀다.

캉! 카캉! 파카카캉!

날카로운 파열음과 함께 사방으로 불꽃이 튀었다. 철곤을 그러쥔 손아귀가 저릿해질 정도로 위력이 강한 관지화의 연속 공격이 계속되었다. 고태는 상황을 반전시키지 못하고 방어에만 급급했다.

"거기까지!"

몸을 반쯤 뒤튼 어정쩡한 자세로 정신없이 철곤을 휘두르던 고태의 귓가에 누군가의 익숙한 낮은 외침이 들려왔다. 순간 고태는 위급한 상황임에도 모든 움직임을 멈췄다.

스파곽!

섬뜩한 파공성과 함께 관지화의 대부가 무방비한 상태의 고태에게로 날아들었다. 하지만 대부는 눈 하나 깜짝하지 않았다. 날아드는 대부를 보지도 않고 낮은 외침이 들려온 방향으로 빙글 돌아섰다.

그 순간 대부가 고태의 바로 머리 위에서 멈췄다. 콧김을 뿜어내며 시뻘게진 얼굴로 간신히 공격을 멈춘 관지화는 대부를 거둬들이며 고태를 따라 고개를 돌렸다.

"남궁 소협, 오셨수?"

"어라? 오늘은 혼자가 아니시네?"

연무장 입구에 서 있는 두 사람, 남궁사혁과 오귀를 본 고태와 관지화가 한마디씩 던졌다. 남궁사혁은 씨익 미소를 지으며 고개를 끄덕였다.

"여어, 지난번에 봤을 때보다 조금은 나아진 것 같군그래. 그런 상황에서 공격을 거두다니 말야."

"이게 다 형님께서 자알 봐주신 덕분 아니겠수? 안 그러오, 고태 형님?"

남궁사혁의 말에 누런 이를 드러내며 씨익 미소를 지은 관지화가 대꾸했다. 대부를 어깨에 턱 걸치며 관지화는 흘깃 고태를 쳐다보았다. 고태 역시 순박한 미소를 지으며 고개를 끄덕였다.

"거야 당연한 거유. 그나저나 오늘은 어쩐 일로 오귀 동생이랑 함께 오신 거유?"

고태는 남궁사혁의 옆에서 무언가 불안한 얼굴로 고개를 숙이고 있는 오귀를 가리키며 물었다. 남궁사혁은 씨익 미소를 지으며 두 사람을 흘깃 쳐다보더니 별다른 대답 없이 오귀에게 고개를 돌리며 나직이 속삭였다.

"오늘부터 네놈도 저 녀석들과 같이 무공 수련이나 하는 거다. 저 둘을 동시에 상대하려면 꽤나 고생하게 될 거야, 크크크."

"예에? 갑자기 그게 무슨……?"

전혀 예상치 못한 남궁사혁의 말에 움찔 놀란 오귀가 고개를 들었다. 눈이 마주친 남궁사혁이 씨익 미소를 지으며 대답했다.

"네놈 같은 고수를 그냥 내버려 둔다는 건 인력 낭비 아니 겠냐? 마침 저 녀석들을 쓸 만해질 정도로 빨리 단련시켜야 하는데, 네놈이 딱 적임자더라고. 어디 잘해봐라, 종복 놈아. 내 가끔씩 확인하러 올 테니까."

"아, 아니. 하지만 주군, 개방의 정보망은……."

"그건 내가 알아서 하마. 뭐, 별로 힘든 일도 아니고."

남궁사혁은 대수롭지 않다는 듯 말했다. 하지만 오귀는 여 전히 납득할 수 없었다. 물론 그 말대로 개방과의 연락망 유 지는 남궁사혁이 할 수도 있는 일이었다. 그동안 남궁사혁이 신강 분타와 쌓아온 신뢰도를 생각하면 이상한 일도 아니었 다.

하지만 지금껏 별다른 말없이 오귀에게 맡겨온 일을 갑자 기 남궁사혁이 하겠다고 나서는 것이 이상했다. 거기에 고태 와 관지화의 무공 수련을 도우라니.

"주군께서 명하시는 일이니 하겠습니다만… 이유를 말씀해 주시지 않겠습니까?"

오귀를 긴장한 얼굴로 꿀꺽 침을 삼키며 조심스레 물었다. 순간 남궁사혁의 얼굴이 살짝 일그러졌다. 남궁사혁의 얼굴 을 본 오귀가 흠칫 어깨를 떨며 질끈 눈을 감은 채 몸을 잔 뜩 움츠렸다.

평소라면 이런 상황에서 남궁사혁의 주먹이 날아들게 마련이었다. 하지만 이상하게도 남궁사혁은 별다른 움직임을 보이지 않았다. 오귀는 의아함을 느끼며 질끈 감은 두 눈을 뜨고 흘낏 남궁사혁의 눈치를 살폈다. 남궁사혁은 평소와는 달리 팔짱을 낀 채 가만히 오귀를 내려다보고 있었다.

"흐음, 그것도 그렇겠구만. 목적을 알고 있어야 좀 더 능률도 오르는 법이니……. 좋아, 설명해 주지. 거기 너희도 이리 와라. 내 긴히 할 얘기가 있으니."

남궁사혁은 조금 떨어진 곳에서 저 두 사람이 왜 저렇게 심각한 얼굴로 속삭이나 궁금해하는 얼굴을 하고 있는 고태와 관지화를 손짓으로 불렀다

"무슨 얘긴데 그렇게 심각한 얼굴이슈, 남궁 형님?"

"지금 가유."

두 사람이 가까이 다가오자 남궁사혁은 조용히 기감을 널리 퍼뜨려 주위에 자신들 말고는 아무도 없다는 것을 확인한 후에야 천천히 입을 열기 시작했다.

"지금부터 하는 얘기는 절대 아무한테 떠벌리고 다녀서는 안 되는 거다. 만약 다른 누군가가 이 사실을 알게 되면 네놈들이 떠벌리고 다닌 걸로 간주하고… 잘 알아듣겠지?"

남궁사혁은 험악한 표정으로 세 사람을 쳐다보며 손가락으로 목을 슥 긋는 시늉을 해보였다. 하지만 그 모습에 움츠러

든 것은 오귀뿐이었다. 관지화는 그저 능글맞은 미소를 지었고, 고태는 특유의 순박한 얼굴로 고개를 끄덕였다.

"명심하겠구먼유, 남궁 소협!"

"에헤이, 왜 이러실까. 이래 봬도 저 입 하난 천근만큼 무거운 놈입니다요."

오귀와는 다른 두 사람의 반응에 남궁사혁은 저도 모르게 피식 미소를 지었다. 어이가 없다는 투로 남궁사혁은 한숨을 내쉬며 말했다.

"어이구, 내가 네놈들이랑 무슨 얘길 하는 건지. 여하튼 절대 비밀이니까 여기서 듣고 머릿속에서 싹 지워 버려라. 알겠지?"

"명심하겠습니다, 주군!"

"그럽시다, 형님."

"잘 알아들었구먼유."

세 사람의 대답을 들은 남궁사혁이 조용히 입을 열기 시작했다.

"사실은 말이다……."

잠시 후, 남궁사혁의 이야기가 모두 끝났다. 오귀를 비롯한 세 사람의 얼굴은 조금 전과 크게 달라지지 않았다.

"결론은 여차할 때 네놈들이 큰 힘이 되어야 한다는 거다.

그러니 오늘부터 죽었다 생각하고 무공 수련에 매진해라. 너희 둘은 궁합이 잘 맞으니까 공수합격을 위주로 수련해라. 상대는 여기 이 종복 놈이 할 테니 말이다. 종복 놈, 네놈은 말 안 해도 알아듣겠지?"

남궁사혁은 고태와 관지화를 가리켰다가 오귀를 흘깃 쳐다보며 말했다. 오귀는 살짝 놀란 얼굴로 남궁사혁을 바라보았다.

"이 두 사람을 상대로 실전 비무를 하란 말씀이십니까, 주군?"

고태와 관지화의 무공이 이전에 비해 일취월장했다고는 하지만 이미 절정 고수의 초입에 발을 들인 오귀를 상대하기에는 모자람이 있었다. 관지화도 마찬가지였지만 특히나 고태는 무공을 배운 지 얼마 되지 않았기 때문이었다.

어린 시절부터 후개로서 개방의 온갖 특혜를 받아오며 절정 무공을 수련해 온 오귀이지 않던가. 그동안 사진량이나 남궁사혁처럼 압도적으로 무공이 강한 자들과 함께 있어서 그 빛이 바랜 감이 없잖아 있지만, 무림의 후기지수(後起之秀)로 자신의 무공에 자신이 있는 오귀였다.

"왜? 이 둘 정도면 일 초 반식만에 제압할 수 있을 것 같아 보이냐?"

오귀의 내심을 꿰뚫어 본 남궁사혁의 낮은 음성이 귓가로 날아들었다. 대놓고 그렇다고 할 수도 없는 노릇이라 오귀는 더듬거리며 말을 얼버무렸다.

"아, 아니 그게……."

남궁사혁은 씨익 미소를 지으며 말했다.

"그럼 어디 지금 당장 한번 붙어보는 게 어때?"

"예에?"

"흐음… 어느 정도가 좋으려나……. 그래! 오십 초 내에 네 놈이 저 둘을 제압하면 좀 전에 내가 한 말은 취소하도록 하마. 어떠냐?"

남궁사혁의 말에 잠시 고민하던 오귀는 이내 고개를 끄덕였다.

"알겠습니다, 주군. 대신 제가 이기면 주군께서 직접 저를 상대해 주셔야 합니다."

"뭐, 그럴 리는 없겠지만 일단 좋아. 너희 둘은 어떠냐? 괜찮지?"

남궁사혁은 심드렁한 얼굴로 성의 없이 대답하고는 고태와 관지화를 보고 물었다. 고태와 관지화는 한 차례 서로 눈을 마주하더니 이내 남궁사혁을 쳐다보고는 고개를 끄덕였다.

"뭐, 저희는 별 상관 없구먼유."

"괜찮수, 형님. 안 그래도 다른 사람을 좀 상대해 보고 싶긴 했으니 말이우, 히히."

뒷머리를 긁적이며 순박한 얼굴로 대꾸하는 고태와 누런 이를 드러내며 히죽 미소 짓는 관지화의 모습에 남궁사혁은 피식 미소를 지었다.

"좋아. 그러면 셋 다 준비해라. 비무가 아닌 생사결(生死決)이라고 생각해라. 살초도 마음껏 써도 좋다. 정 위험한 상황이 된다면 내가 알아서 나설 테니. 알겠냐?"

"알겠구먼유."

"뭐, 매번 하던 대로 하겠수다, 남궁 형님."

시원스레 대답하는 두 사람과 달리 오귀는 굳은 얼굴로 가만히 고개를 끄덕였다. 남궁사혁은 씨익 미소를 지으며 조용히 말했다.

"그러면 네놈은 저기 가서 비무할 준비나 하고 있어라. 난이 둘에게 긴히 할 얘기가 있으니 말이다."

"알겠습니다, 주군."

대답과 함께 오귀는 연무장 가운데로 걸음을 옮겨갔다. 오귀가 멀어지자 남궁사혁은 손짓으로 고태와 관지화를 가까이 불렀다.

"니들은 나 좀 잠깐 보자고."

연무장 한가운데에 서서 오귀는 가만히 호흡을 고르고 있었다. 타구봉과 비슷한 길이의 장봉이 있으면 더 좋겠지만 없다고 해도 크게 달라지는 것은 없었다. 호흡과 함께 마음을 차분히 가라앉힌 오귀는 흘끗 남궁사혁들이 있는 쪽을 바라보았다.

남궁사혁이 다른 둘의 귓가에 무언가 조용히 속삭이고 있었다. 보아하니 자신을 상대할 작전을 전해주고 있는 것 같았다. 내공을 끌어 올려 오감을 확장시킨다면 충분히 들을 수 있었지만 오귀는 그러지 않았다.

무슨 수를 쓰더라도 저 두 사람이 자신을 이길 수 있는 방법은 없다. 그런 확신이 있었다. 아무리 남궁사혁이 조언을 한다 해도 자신과 두 사람의 차이는 분명했다.

"자아! 그럼 어디 시작해 볼까?"

조언을 끝낸 남궁사혁이 고태와 관지화의 등을 툭 밀며 소리쳤다. 두 사람은 씨익 미소를 지으며 천천히 걸어 나와 오귀의 맞은편에 섰다. 대부와 철곤을 들어 올려 기수식을 취한 두 사람은 흘낏 서로를 바라보며 눈빛을 교환했다.

"후우우……."

오귀는 길게 한숨을 내쉬며 천천히 내공을 끌어 올렸다. 주먹을 살짝 그러쥔 손을 들어 올리며 오귀는 기수식을 취했다. 어느새 서로를 마주한 세 사람 사이에 다가온 남궁사혁이 양쪽을 번갈아 쳐다본 후, 소리쳤다.

"그럼 시작해라!"

다가왔을 때처럼 남궁사혁은 조용히 물러났다. 오귀는 맞은편에 선 두 사람을 쳐다보며 조용히 말했다.

"먼저 들어오시오."

오귀의 말이 끝나자마자 고태와 관지화는 다시 한 번 눈빛을 교환한 후, 곧장 바닥을 박차고 달려들었다.

콱! 파곽!

'어, 어떻게……!'

오귀는 찢어져라 눈을 크게 치켜떴다. 오귀의 눈에는 미풍을 타고 천천히 이동하는 구름과 그 사이로 비치는 햇살이 가득했다.

온몸이 뻐근했다. 내공을 끌어 올려 몸을 보호하기는 했지만 연이어 타격을 당한 탓에 제대로 움직일 수 없었다.

믿을 수 없는 일이었다.

고태와 관지화, 두 사람에게 꼼짝없이 당하고 만 것이었다. 그것도 오십 초는커녕 삼십 초를 채 넘기도 전에 당해 버렸다. 방심한 것은 절대 아니었다. 몸 상태도 최상에 가까웠다. 그런데 두 사람의 합공에 손도 제대로 쓰지 못하고 그대로 패배했다.

"괘, 괜찮으신 거유?"

순박한 얼굴의 고태가 걱정스러워하는 표정으로 다가와 말을 걸었다. 오귀는 대꾸하지 않고 그대로 질끈 눈을 감아버렸다. 순간 남궁사혁의 비아냥대는 음성이 날아들었다.

"허이구, 오만한 데다 멍청하기 짝이 없고, 거기에 소갈딱지마저 쫌생이 같은 종복 놈일세?"

오귀는 드러누운 채로 목소리가 들려온 방향으로 억지로 고개를 돌렸다. 남궁사혁이 특유의 이죽거리는 표정으로 자신을 쳐다보고 있었다.

오귀는 남은 힘을 쥐어짜내며 억지로 상체를 일으켰다. 찌르르한 통증이 온몸을 자극해 왔다. 오귀는 질끈 이를 악물며 간신히 몇 마디를 내뱉었다.

"대, 대체 어떻게 된……?"

아무리 머릿속에서 조금 전의 상황을 복기해 보아도 답이 나오지 않았다. 분명 무공은 자신이 고태와 관지화에 비해 우위에 있었다. 내공을 비롯한 모든 것이. 그런데 비무 결과는 자신의 패배였다.

"에라이, 망할 종복 놈아. 밥상을 차려줬으면 알아서 먹어야지. 내가 떠먹여 줘야겠냐? 네놈이 박살 난 이유는 저 둘과 함께 네놈이 직접 찾아내라. 그러지 못하면 네놈 따윈 내 종복이 될 자격도 없어. 알겠냐?"

남궁사혁은 답을 주지 않고 오히려 강하게 면박을 주고는 그대로 휙 돌아섰다. 오귀는 아무런 대꾸도 하지 못했다. 그저 멀어져 가는 남궁사혁의 모습을 멍하니 쳐다볼 수밖에는. 순식간에 시야에서 사라져 버린 남궁사혁의 자취를 좇던 오귀는 그대로 고개를 떨궜다.

"젠장……!"

*　　　　*　　　　*

"에이, 쓸모없는 놈. 아직도 깨닫질 못하고 있다니. 저런 놈이 후개라니, 개방의 앞날도 참 캄캄하구만, 쯧쯧!"

남궁사혁은 혀를 차며 투덜거렸다. 오귀와 고태, 관지화가 처음 비무를 한 지 벌써 보름이 넘게 지났다. 그동안 세 사람은 매일같이 지쳐 쓰러질 때까지 실전 비무를 계속하고 있었다. 하지만 매번 결과는 처음과 달라지지 않았다.

아니, 오히려 처음보다 오귀는 훨씬 꼴사나운 모습이 되어 갔다. 점점 손발이 맞아가는 두 사람의 합공에 금세 손이 어지러워지고 무력하게 당하기만 했다. 몰래 그것을 지켜본 남궁사혁은 왠지 모르게 기분이 나빠졌다.

잔뜩 인상을 찌푸린 채 연신 구시렁대는 남궁사혁의 눈에 문득 맞은편에서 다가오는 장일소의 모습이 보였다. 손에는 서류 몇 장을 든 채 넘겨 보며 복도를 지나던 장일소가 고개를 든 순간, 남궁사혁과 눈이 마주쳤다.

"허어? 어딜 다녀오시기에 표정이 그러신 겝니까, 남궁 소협?"

어쩐지 심상치 않은 남궁사혁의 표정에 장일소가 조심스레 물었다. 남궁사혁은 인상을 찌푸린 채 한숨을 푹 내쉬더니 신세 한탄하듯 말을 쏟아냈다.

"에효오, 그게 말입니다, 장노. 아무래도 제가 종복 놈을 잘못 봐도 한참을 잘못 본 것 같습니다. 고작 그 정도 수준이었던 거죠. 그냥 개방과 연락책으로만 쓸까 생각 중입니다."

"허어, 아무래도 무슨 일이 있었나 보군요. 자세히 말씀해 주실 수 있겠습니까?"

장일소는 들고 있던 서류를 내려놓으며 가만히 남궁사혁을 쳐다보았다. 거푸 한숨을 내쉬던 남궁사혁은 이내 오귀에 대한 이야기를 상세히 풀어놓았다. 장일소는 중간에 끼어들지 않고 남궁사혁의 말을 가만히 듣고만 있었다. 남궁사혁의 이야기가 끝나자 장일소는 빙긋 미소를 지으며 말했다.

"허허, 남궁 소협께서 그리 흥분하실 만하군요."

"그렇죠? 좀 쓸 만해질까 싶었더니 더 엉망이 되어버렸으니 말이죠."

장일소에게 다 털어놓은 덕인지 남궁사혁의 표정은 한결 밝아져 있었다. 장일소는 그런 남궁사혁의 모습에 미소를 지으며 입을 열었다.

"그나저나 이러니저러니 해도 남궁 소협께서는 소방주를 꽤나 아끼시는 것 같습니다. 안 그렇습니까?"

장일소의 예상치 못한 말에 남궁사혁은 저도 모르게 어깨를 움찔했다. 이내 고개를 세차게 내저으며 남궁사혁은 항변했다.

"무, 무, 무슨 소립니까? 내가 왜 그딴 쓸모없는 종복 놈 따위를! 장노도 잘 아시겠지만 지금 상황에서는 쓸 만한 인력이 하나라도 더 있어야 하지 않습니까. 이 기회에 장노의 두 제자 놈들도 좀 더 단련시켜 놓을 수 있다고 생각했는데……. 하여간 그 멍청한 종복 놈이 다 망쳐났습니다. 한 사흘쯤 후에도 전혀 변화가 없으면 다 때려치우려고요. 뭐, 지금 상태라면 어차피 도움도 안 될 테니."

"허허, 그러지 마시고 제게 며칠만 맡겨주시지 않겠습니까? 으음, 한 닷새 정도면 되겠군요. 그래도 영 구제 불능이라면 남궁 소협 뜻대로 하십시오."

장일소의 말에 남궁사혁은 고개를 갸웃했다.

"어쩌실려구요?"

"허허, 어떻게든 해보겠습니다. 한번 믿어주시지 않겠습니까? 대신 닷새 동안 절대 연무장 근처에는 오시지 않으시는 겁니다."

"흐음, 무슨 생각이신지는 모르겠지만 그렇게 말씀하시니 맡겨보겠습니다. 닷새 후 유시(오후 5시~7시 사이) 초까지면 되겠죠?"

"그 정도면 충분할 겁니다. 그럼 지금 당장 한번 가봐야겠군요. 닷새 후에 뵙지요, 허허허."

너그러운 미소를 지으며 장일소는 남궁사혁을 스쳐 지나 연무장으로 향했다. 그 모습을 가만히 지켜보던 남궁사혁은 이내 돌아서며 나직이 투덜거렸다.

"에이, 멍청한 종복 놈 하나 때문에 이게 무슨 고생이야. 쯧! 하여간에 장노도 마음씨가 너무 좋으시다니깐."

             *   *   *

'어째서……? 왜……?'

오귀는 깊은 절망을 느끼고 있었다. 지금껏 단 한 번도 고태와 관지화의 합공을 이겨낼 수 없었다. 아니, 비무 횟수가 늘어갈수록 오히려 더 형편없는 몰골로 패배하곤 했다.

이런 적은 처음이었다.

어린 시절부터 수많은 개방의 무공을 몸으로 배워 익혔던 오귀였다. 개방의 누구도 제대로 익힌 이가 없다는 절기도 오귀에게는 큰 걸림돌이 되지 못했다. 오귀에게 있어 무공이란 전혀 어려운 것이 아니었다. 다른 이에게는 난해하기 짝이 없는 무공구결도 오귀는 마음만 먹으면 쉽게 이해할 수 있었다.

무공이 너무 쉬웠다. 그것 때문에 오귀는 오랫동안 의욕을 잃고 무기력에 빠져 있었다. 하지만 다행히 사진량 일행을 만나 조금씩이나마 이전의 모습을 되찾아가는 중이었다.

그런데 예상치도 못한 벽에 부딪쳐 버렸다.

절정 무공도, 강력한 내공도 없는 두 사람, 고태와 관지화에게 맥없이 당하고 만 것이다. 두 사람이 익힌 무공이라고 해봐야 무림에서는 기초 중의 기초라고 일컬어지는 무원공에 불과했다. 내공 수위는 반 갑자도 채 되지 않는 기초적인 수준이었다.

그런데도 버텨낼 수조차 없었다. 이제는 십 초 만에 바닥에 드러눕는 상황이었다. 머릿속을 가득 메우고 있는 수많은 절기는 아무런 소용이 없었다. 이제는 어떻게 손발을 움직여야 할지도 생각나지 않았다. 그저 꼴사납게 버둥거리다가 쓰러질 뿐이었다.

"제, 젠장……"

오귀는 연무장 바닥에 드러누운 채 주먹을 꽉 그러쥐었다. 질끈 깨문 입술 사이로 한 줄기 피가 주룩 흘러내렸다. 고태와 관지화는 이미 연무장을 떠난 지 한참이 지난 터라 오귀만 남아 있었다.

휘이잉!

불어온 바람이 오귀의 몸을 휘저었다. 부드러운 바람이었지만 온몸에 타박상을 입은 오귀는 주먹으로 얻어맞는 것 같았다. 절로 신음이 터져 나왔다. 통증이야 익숙할 법도 하건만 오귀는 질끈 눈을 감아버렸다. 아직 해가 지지 않아 사위는 밝았지만, 눈을 감은 오귀에게는 완전한 어둠이 찾아왔다.

저벅! 저벅!

그때였다. 누군가 다가오는 발소리가 들려왔다. 하지만 오귀는 눈을 뜨지 않고 그저 가만히 있었다. 머리 위로 누군가의 그림자가 드리우는 것이 느껴졌다.

"흐음, 남궁 소협께 얘긴 들었지만 꽤나 심각한 상황이로구려."

귓가로 흘러드는 익숙한 음성, 장일소였다. 오귀는 눈을 뜨지도 않고 조용히 대꾸했다.

"무슨 일이십니까? 두 제자분은 벌써 돌아간 지 한참 지났습니다만."

음울함마저 느껴지는 오귀의 음성이었다. 남궁사혁에게 들은 것보다 심각한 상태인 것 같았다. 하지만 장일소는 속내를 티내지 않고 미소를 지으며 말했다.

"그 둘이 아니라 소방주 자네를 보러 온 것일세."

예상외의 대답에 오귀는 어깨를 움찔했다. 저도 모르게 눈을 뜬 오귀는 가만히 자신을 내려다보는 장일소와 눈이 마주쳤다. 장일소는 인자한 미소를 띤 채 오귀를 내려다보고 있었다.

"으윽······!"

오귀는 남은 힘을 쥐어짜내며 억지로 상체를 일으켰다. 온몸이 뻐근한 통증이 밀려와 저도 모르게 신음을 터뜨리며 비틀거렸다. 그 모습에 장일소가 다급히 다가와 오귀를 부축했다.

"이런! 괜찮으신가?"

생각 같아서는 자신을 부축하는 장일소의 손길을 뿌리치고 싶은 오귀였지만 그럴 수 없었다. 몸이 마음대로 움직여지지 않았다. 간신히 상체를 일으킬 수 있었을 뿐이었다. 오귀는 저항할 생각을 버리고는 나직이 말했다.

"절 보러 오신 용건이 뭡니까?"

"일단 저기 앉아서 얘기하세나."

오귀의 물음에 장일소는 연무장 구석에 놓여 있는 긴 의자를 가리켰다. 그러곤 오귀를 부축한 채 그쪽으로 걸음을 옮기기 시작했다. 이내 가까이 다가간 장일소는 오귀를 조심스레 앉혔다. 의자에 앉자마자 오귀는 저도 모르게 벽에 등을 기댔다.

"끄으······."

차가운 벽에 몸이 닿자 찌르르한 통증이 온몸을 감쌌다.

짧은 신음을 흘리며 오귀는 어깨를 살짝 떨었다. 그래도 조금씩이지만 통증이 가라앉는 것 같았다. 장일소가 조심스레 오귀의 옆에 앉았다. 그러곤 천천히 입을 열기 시작했다.

"그래. 비무를 해보니 어떻던가?"

"……."

"솔직히 무공만으로 따진다면 내 두 제자 놈들은 소방주에 비해 상당히 부족하다네. 그도 그럴 것이 본격적으로 무공을 배우기 시작한 것이 일 년도 채 되지 않았으니……."

장일소는 말꼬리를 흐리며 슬쩍 오귀의 표정을 살폈다. 오귀는 고개를 푹 숙인 채, 신음 같은 낮은 소리를 흘리고 있었다. 이내 오귀의 낮은 음성이 들려왔다.

"무슨… 말씀을 하고 싶은 겁니까?"

"자넨 강한 무공이 무어라 생각하나?"

장일소는 오귀의 질문에 대답 대신 질문을 던졌다. 오귀는 아무런 대답도 하지 못했다. 그저 힘겹게 고개를 들어 장일소를 가만히 쳐다보았을 뿐이었다. 오귀와 눈이 마주치자 장일소는 잔잔한 미소를 지으며 조용히 말을 이었다.

"난 말일세, 이 세상에는 절대적으로 강한 무공이란 없다고 생각한다네. 발에 차일 정도로 쉽게 볼 수 있는 삼재검(三才劍)으로도 어떤 마음가짐으로, 어떻게 수련하느냐에 따라 절대검공인 태극혜검(太極慧劍)이나 자하신검(紫霞神劍)에 뒤

지지 않을 깊이와 위력을 보여줄 수 있다고 믿고 있지. 지금
도 그 생각은 변함이 없다네."

"그게 무슨……?"

"화려한 수십 가지 무공보다는 우직한 주먹질 한 번이 더
효과적일 때가 있는 법이지. 안 그런가?"

"……."

오귀는 아무런 말도 하지 않고 가만히 장일소를 쳐다보았
다. 장일소는 빙긋 미소를 지어 보이더니 이내 천천히 일어났
다.

"그럼 내일 또 보세나. 이 시간 즈음 찾아오겠네."

오귀가 대답할 틈도 주지 않고 장일소는 그대로 연무장 밖
으로 걸음을 옮기기 시작했다. 아직까지 몸을 움직일 기운이
회복되지 않은 오귀는 멍한 얼굴로 멀어져 가는 장일소의 뒷
모습을 쳐다보았다. 오귀는 무언가에 홀리기라도 한 듯 저도
모르게 중얼거렸다.

"우, 우직한 주먹질 한 번이 더 효과적일 때가 있다고……?"

팍! 파팍!

묵직한 파공성이 연이어 터져 나왔다. 무언가가 달라졌다.
오귀는 어제보다 움직임이 훨씬 가벼워진 것을 느끼고 있었
다. 앞뒤에서 동시에 짓쳐 드는 고태와 관지화의 위협적인 공

격에도 위축되지 않고 아슬아슬하게 그것을 피해냈다.

어제였다면 벌써 등이나 허리에 공격을 격중당해 바닥을 뒹굴 즈음이었다. 그동안 매번 당했던 충격이 여전히 몸에 남아 있기는 했지만, 오늘은 아직까지 공격을 전혀 허용하지 않았다.

"이건 어떻수!"

"우리야압!"

어느새 한 몸이나 마찬가지로 합격술에 익숙해진 두 사람이 거의 동시에 기합을 토해내며 철곤과 대부를 휘둘렀다.

후우웅!

묵직한 파공성과 함께 서로의 빈틈을 보완한 완벽한 연수합격이 펼쳐졌다. 피할 수 있는 틈새는 전혀 보이지 않았다. 오귀는 어제처럼 바닥을 나뒹구는 자신의 모습을 떠올리며 질끈 이를 악물었다.

하지만 무력하게 당할 수는 없었다. 내공을 끌어 올리며 오귀는 바닥을 박차고 그대로 허리를 뒤틀었다.

후웅! 후후후웅!

동시에 전력을 다해 내공이 담긴 주먹을 사방으로 난사했다. 묵직한 파공성이 연이어 터져 나왔다.

팡! 파팡! 퍼퍼펑!

공격해 들어간 두 사람의 병장기와 오귀의 내공이 담긴 권기가 부딪치며 폭죽이 터지는 것 같은 소리가 연이어 터져 나왔다. 강한 반탄력이 온몸을 후려쳤다. 공격해 들어간 고태와 관지화는 뒤로 물러나 반탄력을 감소시켰지만 오귀는 그럴 수 없었다. 허공에 몸을 띄운 채 밀려드는 반탄력을 온몸으로 감내해야 했다.

"으윽!"

수십 대의 주먹에 격타당한 것 같은 통증이 밀려와 절로 신음이 터져 나왔다. 하지만 오귀는 억지로 다시 몸을 뒤틀어 바닥에 착지했다.

한순간 오귀는 몸의 균형을 잃고 비틀거렸다. 그것을 놓치지 않은 고태가 순간적으로 관지화와 눈빛을 교환했다. 두 사람은 약속이나 한 듯 동시에 달려들었다.

타닷!

그리고…….

"하아, 하아……!"

금방이라도 터져 나갈 듯 호흡이 거칠었다. 하지만 어제와는 달리 절망과 무력감은 느껴지지 않았다. 무언가 무거운 짐을 덜어낸 것처럼 마음이 한결 가벼워진 기분이 들었다.

연무장 바닥에 드러누운 채 오귀는 저도 모르게 피식 미소를 지었다. 그때 어제처럼 머리 위로 누군가의 그림자가 드리웠다. 장일소였다. 역광 때문에 표정을 볼 수는 없었지만 장일소는 미소를 짓고 있는 것 같았다.

"오늘은 좀 어땠나?"

담담한 어조로 묻는 장일소의 말에 오귀는 피식 미소를 지으며 조용히 대답했다.

"글쎄요. 어제보단 좀 나은 것 같긴 합니다… 여하튼 어르신 덕분입니다."

"허허, 내가 무얼 했다고. 난 그저 자네가 잊고 있던 것을 떠올리게 해준 것뿐일세. 오늘은 시작에 불과하니 앞으로 차차 나아질 게야."

가만히 장일소의 말을 들으며 오귀는 천천히 몸을 일으켰다. 조금 더 버텼을 뿐이지 엉망진창으로 당한 것은 어제와 마찬가지였지만, 마음의 짐을 덜어버린 덕인지 통증이 그리 심하지 않았다. 조금만 운기조식을 취하면 충분히 마음대로 움직일 수 있을 것 같았다.

"무공에는 고하가 없다는 어르신의 말씀, 절대 잊지 않겠습니다."

오귀는 아직 제대로 움직여지지 않는 몸을 억지로 움직여 고개를 숙인 뒤 포권을 취했다. 장일소는 미소를 지으며 조심스레 오귀의 어깨를 격려하듯 툭툭 두드렸다.

"허헛! 이 늙은이는 아무것도 하지 않았네. 모두 자네가 노력해 온 것이 이제야 빛을 발하는 것뿐이지."

장일소는 미소를 지으며 고개를 끄덕였다. 고작해야 몇 마디 말을 전했을 뿐이었지만, 오귀는 하룻밤 만에 달라진 모습을 보여주었다. 결과는 어제와 같았지만 그 과정은 달랐다. 지닌 바 무공에 얽매이지 않는 것만으로도 오귀는 달라질 수 있었다.

제 스스로 사문을 버리고 남궁사혁의 종복을 자처함으로 모든 것을 버렸다고 생각했던 오귀였다. 하지만 마지막까지 버리지 못한 것이 있었다. 자신만이 개방의 비전절기를 모두 익혔다는 자부심이자, 무공에 대한 집착이었다.

그런데 삼류 무공에 불과한 무원공을 익힌 두 사람, 고태와 관지화와의 비무에서 처참하게 패배했다는 것이 오귀를 절망에 빠뜨렸다. 헤어 나올 수 없는 절망의 늪에서 오귀를 건져 준 것은 장일소의 말이었다.

삼류 무공이든 상승 무공이든 그런 구분 따위는 아무 의미 없다는 그의 말에 오귀는 오랜 세월 마음속 깊이 묻어둔 집착을 버릴 수 있었다. 그렇게 오귀는 조금씩이지만 변화하고 있었다.

남궁사혁과 약속한 닷새는 눈 깜짝할 사이에 지나 버렸다. 하지만 장일소는 아무런 걱정도 하지 않았다. 지난 며칠 동안 오귀의 변화를 자신의 눈으로 확인하지 않았던가.

캉! 카카캉!

연무장에서는 마치 사생결단을 내듯 맹렬한 기세를 뿜어내는 세 사람이 뒤엉켜 있었다. 오귀와 고태, 관지화였다. 어느 때처럼 연무장에 모인 세 사람은 목숨을 건 비무를 벌써 반 시진이 넘도록 계속하고 있었다.

"으이차!"

"후리얍!"

"허업!"

우렁찬 기합성이 연무장 전체를 크게 뒤흔들었다. 분명 수십 번의 살초가 오가고 있었지만 누구도 크게 피해를 입은 이는 없었다.

장일소는 가만히 세 사람의 비무를 지켜보고 있었다. 문득 등 뒤에서 다가오는 인기척이 느껴졌다. 장일소는 돌아보지도 않고 조용히 입을 열었다.

"어떻습니까, 남궁 소협? 많이 좋아지지 않았습니까?"

어느새 바로 옆까지 다가온 남궁사혁은 팔짱을 낀 채, 가만히 격렬한 비무를 벌이고 있는 세 사람을 쳐다보았다. 아니, 남궁사혁의 시선은 두 사람 사이에서 고군분투(孤軍奮鬪)하고 있는 오귀에게로 향해 있었다. 정신없이 몸을 움직이고 주먹을 내지르는 오귀의 모습은 필사적으로 보였다. 하지만 이상하게도 입가에는 희미한 미소가 생겨나 있었다.

"호오? 도대체 무슨 마술을 부리신 겁니까, 장노?"

오귀의 변화에 남궁사혁은 자못 감탄하며 장일소에게 질문을 던졌다. 장일소는 빙긋 미소를 지으며 조용히 대꾸했다.

"제가 한 일은 별로 없습니다. 그저 슬쩍 등을 밀어준 것뿐이지요, 허허헛!"

"에이, 겸양이 과하십니다. 제가 포기한 걸 저렇게 만든 건 다 장노 덕분이죠."

남궁사혁은 오귀를 슬쩍 가리키며 씨익 미소를 지었다. 서로 눈을 마주친 두 사람은 한 차례 미소를 교환하고는 다시 고개를 돌려 세 사람의 비무를 한참이나 가만히 지켜보았다.

후우웅!

묵직한 파공성을 울리며 날아드는 철곤의 궤도를 예측할 수 있었다. 삼재검의 초식 일부를 곤에 맞게 변형시킨 것이었다. 이전에는 보이지 않던 것이 이제는 오귀의 눈에 선명하게 보였다.

슈아악!

등 뒤에서 날아드는 대부도 마찬가지였다. 역시나 삼재검의 초식이었다. 하지만 전혀 삼재검처럼 느껴지지 않았다. 희미한 기파를 머금은 공격은 여느 상승 무공 못지않은 위력을 선보이고 있었다. 두 사람의 내공이 조금만 더 강했다면 이렇게까지 오래 버틸 수 없었을 것이다.

시간이 조금 더 지나자 어느새 세 사람의 이마는 땀으로 흠뻑 젖어 있었다. 뱉어내는 호흡도 거칠어지고, 공격의 날카로움도 조금씩 무뎌지고 있었다. 하지만 어느 누구도 승기를 잡지 못하고 있었다. 먼저 녹초가 되는 쪽이 패배할 것은 분명했다.

고태와 관지화는 체력의 한계를 느끼고 있었다. 숨이 가빠오는 것은 물론이고, 입가에 단내가 날 지경이었다. 앞으로 전력을 다한 공격 한 번이면 그대로 지쳐 주저앉을 것 같았다.

'이번이 마지막 승부수요, 고태 형님.'

'알겠구먼, 관 동생.'

이제는 눈빛만으로도 어느 정도의 의사소통을 할 수 있을 만큼 두 사람은 마음이 통했다. 빠르게 눈빛을 교환한 두 사람은 남은 힘을 쥐어짜내 철곤과 대부를 꽉 움켜쥐었다.

"허억!"

지친 오귀가 거친 숨을 토해낸 순간, 그것을 신호로 두 사람이 일시에 달려들었다. 빠르게 휘두를 수 있는 철곤은 오귀의 발목과 무릎을 노리고, 치명타를 입힐 수 있는 대부는 등허리를 노리고 공격을 시도했다.

후우웅! 파카칵!

대부의 중후한 파공성이 등 뒤에서 들려왔다. 철곤의 날카로운 파공성도 연이어 터져 나왔다. 지친 오귀는 한 차례 크게 숨을 뱉어내며 주먹을 꽉 그러쥐었다.

타탓!

동시에 바닥을 박차고 허공으로 뛰어올랐다. 고태의 철곤이 곧장 궤도를 바꿔 오귀의 뒤를 쫓았다. 허무하게 허공을 가른 관지화의 대부는 회전력을 더해 궤도를 수정해 아래에서 위로 올려쳐졌다.

파콰콰!

같은 지점을 노리고 날아드는 철곤과 대부의 날카로운 파공성이 허공을 찢어발겼다. 남은 모든 힘을 쥐어짜낸 두 사람의 공격은 먼저 허공으로 도약한 오귀보다 조금 더 빨랐다. 자신에게 날아드는 묵직한 공격을 느낀 오귀는 다급히 허공에서 허리를 비틀었다.

하지만 오귀가 간발의 차이로 늦었다. 날아드는 철곤과 대부가 오귀에게 막 격중되려는 순간!

"이제 그만!"

남궁사혁의 날카로운 외침에 고태와 관지화는 본능적으로 철곤과 대부를 꽉 그러쥐고는 힘을 다해 자신 쪽으로 잡아당겼다.

주르륵!

하지만 워낙에 지친 데다 손아귀에 땀이 맺힌 탓에 제대로 철곤과 대부를 회수하지 못했다. 그대로 손아귀에서 미끄러진 철곤과 대부는 오귀의 허리로 날아들었다.

'제, 젠장!'

고태와 관지화가 공격을 거두려 한 덕에 잠깐의 틈이 생겼지만 이미 온 힘을 다해 허리를 비튼 탓에 더 이상 허공에서 방향을 전환할 수 없었다. 오귀는 속으로 혀를 차며 다급히 남은 내공을 쥐어짜내 두 주먹에 주입했다. 막 오귀가 희미한 기운이 담긴 주먹을 휘두르려는 순간, 검은 그림자가 눈앞으로 날아들었다.

슈욱! 캉! 카캉!

십여 장은 떨어져 있던 남궁사혁이 단숨에 거리를 좁혀와 어느새 오귀의 앞에 날아들었다. 맨손으로 철곤과 대부를 가볍게 쳐냈음에도 날카로운 쇳소리가 터져 나왔다.

"으억!"

"컥!"

워낙에 갑작스러운 상황이라 고태와 관지화는 손아귀가 찢어지는 것 같은 통증과 함께 그대로 철곤과 대부를 놓아버렸다. 그러곤 힘이 다해 그 자리에 풀썩 주저앉았다.

피피핑! 푸콱!

튕겨 나간 철곤과 대부는 맹렬히 회전하다가 연무장의 벽에 깊이 틀어박혔다. 벽에 박히고 남은 자루가 부르르 떨렸다.

"후우! 큰일 날 뻔했구만."

남궁사혁은 나직이 한숨을 내쉬며 그대로 바닥에 떨어지는 오귀의 옷깃을 낚아채더니 가볍게 착지했다. 살짝 엉덩방아를 찧은 오귀가 낮은 신음을 터뜨렸다.

"으윽!"

바로 직전까지 목숨을 건 비무를 하던 세 사람은 온 힘이 다해 모두 그 자리에 주저앉아 버렸다. 장일소가 천천히 다가오며 말했다.

"허헛! 오늘은 이 정도로 하고 푹 쉬는 게 좋을 것 같군요, 남궁 소협."

남궁사혁은 바로 대답하지 않고 천천히 세 사람의 상태를 살폈다. 가장 지친 것은 역시나 가장 무공이 약한 고태였다. 고태는 살짝 찢어진 듯 피가 흐르는 손을 사시나무 떨 듯 덜덜 떨고 있었다.

한계치 이상의 힘을 썼다는 증거였다. 타고난 신력이 있는 고태였지만 내가고수들을 신력만으로 상대하기에는 역시나 벅찼다. 그것도 거의 한 시진 가까이 쉬지 않고 철곤을 휘둘렀으니 축 늘어질 정도로 지친 것은 당연했다.

"커헉! 크허억!"

비 오듯 땀을 쏟아내며 허파가 터져 나가라 거친 숨을 몰아쉬는 관지화는 그나마 조금 나아 보였다. 두 다리에 힘이 풀려 일어서지 못하고 있었지만 두 손을 바닥에 짚어 상체를 지탱하고 있었다. 일다경 정도만 쉬면 어느 정도 움직일 수 있을 것 같았다.

오귀도 그리 달라 보이지는 않았다. 호흡이 거칠어져 가슴을 크게 들썩이고 있었다. 게다가 그동안 누적된 피로와 충격을 완전히 해소하지 못해 파리해 보이기까지 했다.

하지만 눈빛만큼은 전혀 지쳐 보이지 않고 생기가 가득해 보였다. 남궁사혁은 입꼬리를 살짝 말아 올리며 천천히 입을 열었다.

"장노의 말씀대로 오늘은 이만 푹 쉬는 게 좋을 것 같군요. 뭐, 지금 같은 비무는 조금 익숙해진 듯하니 내일부터는 새로운 방식을 시도해 보기로 하죠. 그럼 너희는 알아서 쉬어라. 가시죠, 장노."

그대로 돌아선 남궁사혁은 장일소에게로 천천히 걸음을 옮기기 시작했다. 남궁사혁은 손을 들어 지쳐 주저앉아 있는 세 사람에게 무어라 말하려는 장일소를 제지했다. 장일소를 스쳐 지나치며 남궁사혁은 조용히 말했다.

"지금은 그냥 내버려 두는 게 돕는 겁니다, 장노. 어서 가시죠."

"으음, 아, 알겠소이다."

장일소는 흘낏 세 사람을 쳐다보고는 남궁사혁을 뒤를 쫓기 시작했다. 어느새 연무장에는 거칠어진 숨을 뱉어내는 세 사람만이 남았다.

　그 자리에 주저앉은 채 조금이라도 내공을 회복하기 위해 운기조식을 하려는 오귀의 귓가에 남궁사혁의 조용한 전음이 날아들었다.

　[그래도 이젠 제법 쓸 만해 보이는군. 하여간에 종복 놈 주제에 손이 많이 간단 말이야. 내일부터는 내가 직접 손봐줄 테니까 각오하고 있으라고.]

第五章

은밀한 외출

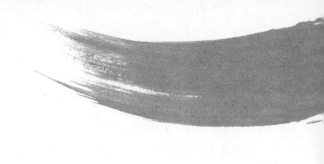

　사진량은 왠지 모를 답답함에 저도 모르게 한숨을 푹 내쉬었다. 상황에 떠밀려 어쩔 수 없이 천뢰일가의 가주가 되긴 했지만, 결코 원했던 상황은 아니었다. 그저 마도멸절을 조금이라도 빨리 이루기 위해 천뢰일가의 힘이 필요했을 뿐이었다.

　본래 마도의 근거지에 대한 정보만 알아낸다면 천뢰일가를 조용히 빠져나갈 생각이었다. 하지만 양지하 때문에 떠날 수가 없었다. 언제 쓰러져 목숨이 다할지 모르는 양지하를 내버려 둘 수가 없었다.

안 그래도 양기뢰를 대신해 온갖 궂은일을 떠맡아 얼마 남지 않은 명을 불태우고 있는 양지하였으니.

그렇게 어쩔 수 없이 가주가 된 사진량의 가장 큰 변화는 웬만해서는 천뢰일가를 벗어날 수 없다는 것이었다. 가주의 자리를 지키고 있는 것이 번거롭기 짝이 없었다.

근처의 마을이 누군가의 습격으로 폐촌의 되고 있는 사건도 마찬가지였다. 자신이 직접 나서서 추적을 한다면 시간 낭비가 훨씬 줄어들 터였다.

하지만 가주인 자신이 직접 나선다는 것은 결코 쉽지 않은 일이었다. 안 그래도 가주의 자리가 오랫동안 공석으로 남아 있던 천뢰일가였으니.

때문에 어쩔 수 없이 총사부의 밀단을 보내는 수밖에 없었다. 선대 가주 시절부터 신뢰할 만한 이들을 엄선해 만든 밀단이라지만, 사진량으로서는 무턱대고 신뢰할 수는 없었다. 특히나 밀단을 관리하던 총사부의 책임자가 마도의 간자였던 은규태였으니.

이대로라면 마도멸절은커녕 천뢰일가를 떠날 수 없을 것 같았다. 고착된 상황을 변화시키려면 특단의 수단이 필요했다. 사진량은 그렇게 한참이나 깊은 생각에 잠겼다.

*　　　　*　　　　*

"인피면구(人皮面具)… 말입니까?"

의외의 말에 장일소는 고개를 갸웃하며 사진량을 쳐다보았다. 사진량은 가만히 고개를 끄덕였다.

"특상급의 인피면구, 구할 수 있겠나? 최대한 신속하고 은밀히. 실제 피부와 거의 구분할 수 없을 정도로 정교한 것이어야 한다."

"구하려면야 못 구할 것도 없겠지만… 그런 물건은 대체 왜……?"

장일소는 조금은 떨떠름한 얼굴로 물었다.

인피면구는 말 그대로 사람의 피부 가죽을 이용해 만드는 일종의 가면이었다. 보통은 죽은 지 사흘이 지나지 않은 시신의 얼굴 가죽을 벗겨내 달포 정도의 가공을 거쳐 만들어지는 것으로 주로 흉악범들이 자신의 신분을 감추고 달아나려 할 때 사용하는 것이었다. 대부분이 시신을 도굴해 만드는 것이라 정파 무인들은 어떠한 상황에서도 사용하지 않는 물건이었다.

무림과 깊은 연이 있는 것은 아니었지만, 정파에 가까운 성향을 지닌 장일소로서는 인피면구를 언급하는 것 자체가 껄끄러웠다.

"꼭 필요한 일이 있다. 사혁 녀석이 오면 그때 자세한 얘기를 하도록 하지."

"도대체 무슨……?"

사진량과 양지하, 그리고 장일소와 남궁사혁.

현재의 천뢰일가를 이끌고 있는 핵심 인물이 바로 이 네 사람이었다. 사진량이 가주가 된 후, 네 사람은 사흘에 한 번 꼴로 뇌신각의 대회의실에 모여 천뢰일가의 대소사를 결정하고 있었다.

오늘도 마찬가지.

여느 때처럼 한자리에 모이긴 했지만, 주위 상황은 사흘 전과 크게 달라진 것은 없었다. 그저 폐촌이 된 곳을 세 군데 더 발견했다는 것뿐이었다. 밀단 전부를 파견해 조사를 시작한 지도 벌써 보름이 넘었건만 흉수의 꼬리도 잡지 못했다는 것이 답답하기만 했다.

"아무래도 본가의 비밀 서고까지 뒤져봐야 할 것 같아요. 공식적으로 남아 있는 기록 중에는 비슷한 일이 없었어요."

양지하는 한숨을 푹 내쉬며 가주만이 드나들 수 있다는 비밀 서고를 언급했다. 사진량은 고개를 갸웃하며 물었다.

"비밀 서고?"

"네. 저도 들어보기만 했는데 뇌신각 지하에 비밀 서고가 있다고 하더군요. 위치는 알고 있지만 아직까지 한 번도 가본 적은 없어요. 가주께서 허락하셔야만 제가 거기 들어갈 수 있어요."

"허락하지. 그 외에 필요한 건?"

"가주 직인이 필요할 거예요."

"어디 있는지 모르겠지만 찾아서 가져가라."

"그러죠."

남매 사이라고는 믿기지 않을 정도로 무미건조한 대화였다. 양지하가 고개를 끄덕이자 사진량은 장일소와 남궁사혁에게 은밀히 전음을 보냈다.

[두 사람은 회의가 끝나고 남아라. 따로 할 얘기가 있으니.]

턱을 괴고 앉아 심드렁한 얼굴을 하고 있던 남궁사혁이 살짝 어깨를 움찔했다. 장일소는 조금 전 인피면구를 찾던 사진량의 의중을 가늠하기 위해 가만히 생각에 잠겨 있었다.

"더 할 얘기가 없으면 회의는 마치도록 하지. 그리고 앞으로 정기 회의는 열흘에 한 번으로 줄이는 것이 좋을 것 같다. 그 사이에 특별한 일이 생기면 임시 회의를 소집하도록 하지."

"동감이에요. 그게 좋겠어요."

바쁜 와중에 사흘에 한 번씩 일부러 시간을 내는 것이 조금은 부담스러웠던 양지하가 냉큼 고개를 끄덕였다. 남궁사혁도 별다른 대꾸없이 고개를 끄덕였다. 생각에 잠겨 있던 장일소만 아무런 반응이 없었다.

"무슨 생각을 그리 하십니까, 장노?"

남궁사혁의 말에 장일소는 움찔 놀라며 고개를 들었다.

"으음? 지금 뭐라고 하셨습니까, 남궁 소협?"

"별 얘기 아니었습니다. 회의를 열흘에 한 번, 그 사이에 특별한 일이 생기면 임시 회의를 소집한다고."

"아아, 그렇습니까? 알겠습니다. 그렇게 알아두도록 하지요."

놀란 장일소는 가슴을 쓸어내리며 나직이 한숨을 내쉬었다. 잠깐의 소란이 정리되자 양지하는 천천히 몸을 일으켰다.

"그럼 먼저 가볼게요. 아직 할 일이 많이 남아서 말이죠."

돌아선 양지하는 회의실을 벗어나기 시작했다. 양지하의 기척이 저 멀리 사라질 때까지 세 사람은 그 자리에 아무런 말없이 가만히 앉아 있었다. 양지하가 뇌신각을 벗어나자 남궁사혁이 먼저 입을 열었다.

"그래, 무슨 용건이냐?"

사진량은 남궁사혁의 질문에 대답하지 않고 장일소에게 말을 걸었다.

"아까 하던 얘길 계속하지. 내가 주문하는 대로 인피면구를 구할 수 있겠지?"

"인피면구?"

조금 전의 장일소처럼 남궁사혁도 놀란 얼굴로 소리쳤다. 사진량은 가만히 고개를 끄덕이며 말을 이었다.

"그래. 인피면구 두 장이 필요하다."

"그게 왜?"

"알다시피 우리가 천뢰일가에 온 이후로 몇 가지 사건이 있긴 했지만 큰 변화는 없었다. 특히나 내가 가주가 된 후에는 밖에서 벌어지는 일에 전혀 손도 못 대고 있지. 폐촌 사건의 경우에도 내가 직접 나섰다면 흉수의 추적이 훨씬 용이했을 거다."

사진량의 말에 남궁사혁은 가만히 고개를 끄덕였다.

"흐음, 그렇긴 하군."

"내게 있어 천뢰일가는 그저 마도의 근거지에 대한 정보를 구할 수 있는 곳 그 이상도, 이하도 아니다. 가주 자리는 내게 오히려 걸림돌밖에 되지 않아."

"하지만 가주……!"

장일소가 놀란 얼굴로 벌떡 일어났다. 사진량이 무슨 생각으로 인피면구를 구하려는 것인지 짐작이 갔다. 사진량은 곧 장 장일소의 말을 자르며 입을 열었다.

"인피면구 두 장 중 하나는 내 얼굴을, 다른 한 장은 신분을 숨길 수 있는 얼굴로 준비해라. 내가 없는 동안은 사혁, 네가 내 대역을 해줘야겠다."

"가주! 전 반대입니다."

장일소가 전에 없이 단호한 어조로 말했다. 가만히 장일소를 쳐다보며 사진량이 물었다.

"어째서지?"

"가주께서도 아시다시피 본가는 아직 많이 불안정한 상태입니다. 오대봉신가도 지금은 억눌러 두었지만 언제 또 야욕을 드러낼지 모르는 일입니다. 천뢰일가의 안정을 위해서는 가주께서 그 자리에 꼭 계셔야 합니다."

"무엇을 위한 천뢰일가의 안정인가?"

"그것은……."

"마도를 막기 위함이겠지. 하지만 내 목적은 마도를 막는 것이 아니라는 걸 잘 알고 있지 않나?"

"그, 그건……!"

사진량의 조용하지만 날카로운 지적에 장일소는 순간 할 말을 잃었다. 사진량의 음성이 조용히 이어졌다.

"봉신가의 문제도 직접 해결하겠다. 본가에 있어야 할 자가 눈앞에 나타난다면 놈들도 크게 당황할 테지. 최대한 빨리 천뢰일가를 안정시키려면, 내가 여기 있는 것보다는 운신의 자유가 있는 편이 훨씬 도움이 될 거다. 안 그런가?"

"……."

사진량은 아무런 말이 없는 장일소를 가만히 쳐다보았다.

장일소는 아랫입술을 질끈 깨물고 있었다. 아무리 반대를 한다 해도 사진량을 말릴 수는 없을 것이다. 게다가 사진량의 계획이 그저 막무가내처럼 보이지는 않았다.

"설마 나를 계속 천뢰일가에 잡아둘 생각이었던 건가?"

사진량은 전에 없이 날카로운 눈빛으로 장일소를 쏘아보았다. 장일소는 차마 눈을 마주치지 못하고 고개를 숙였다. 사진량을 천뢰일가에 잡아둘 수 없다는 것쯤은 처음부터 알고 있었다. 하지만 자신이 노력해 사진량의 마음을 돌려놓을 생각이었다.

불가능한 일이었다.

사진량은 절대 자신을 굽히지 않았다. 어느 누구와도 타협하지 않고 오로지 자신만의 길을 고고히 걸어갈 절대자였다. 높은 곳에서 천하를 내려다보는 절대자의 위엄이 사진량의 눈빛에서 느껴졌다. 그제야 장일소는 사진량에 대한 모든 미련을 내려놓을 수 있었다.

'거대하신 분… 나로서는 절대로 잡을 수 없는 천하를 품은 분이시다…….'

장일소는 고개를 푹 숙인 채 조용히 입을 열었다.

"가주의… 명을 따르겠습니다."

"좋아. 인피면구는 최대한 빨리 구해야 할 거다."

"맡겨주십시오."

슬슬 두 사람의 대치 상황이 정리되는 것 같자 눈치를 살피던 남궁사혁이 끼어들었다.

"저기, 대충 무슨 생각인지는 알겠는데 말이다. 내가 꼭 네 녀석 대역을 해야 하는 거냐? 그냥 폐관수련이나 다른 핑계로 잠적하면 안 되고?"

"그러면 수상쩍게 여길 자들이 생길 거다. 본가에 있는 간자들도 안심할 수는 없는 노릇이지."

"뭐, 그거야 그렇다고 치고. 양 소저까지 속여야 하는 거냐?"

"내가 자리에 없다는 사실을 아는 사람은 적을수록 좋다. 적을 속이려면 아군도 속여야 하는 법이지."

마치 기다렸다는 듯 질문에 바로 대답하는 사진량의 모습에 남궁사혁은 질렸다는 듯 미간을 찌푸렸다. 이내 한숨을 푹 내쉬며 남궁사혁이 말했다.

"에이, 양 소저를 속이는 건 영 내키지 않는데. 그리고 내가 갑자기 없어지면 의심하지 않을까?"

"그건 내가 중요한 일을 부탁해서 떠난 것으로 해두면 될 거다."

"양 소저가 금방 눈치챌지도 모르는데?"

"그거야 네놈 하기에 달렸지. 그리고… 네 녀석이 그 아이를 지켜줄 거라 믿고 있다."

입술을 삐죽거리며 연신 질문을 던지던 남궁사혁은 사진량의 말에 입을 함지박만 하게 벌리며 헤죽거리기 시작했다.

"뭐, 뭐야? 이러니저러니 해도 역시 나를 가장 믿고 있다는 거냐? 그렇다면 뭐, 어쩔 수 없지. 내 절대 들키지 않도록 완벽한 대역을 연기해 보이마. 양 소저는 안심하고 내게 맡겨라, 처나암~!"

평소 사진량을 바로 옆에서 지켜봐 온 남궁사혁이라 대역 정도는 쉽게 할 수 있을 것이다. 사진량은 입꼬리를 살짝 말아 올리며 장일소에게로 고개를 돌렸다.

"인피면구는 언제까지 구할 수 있겠나?"

"가주의 얼굴 본을 떠야 하니 인피면구를 제작하는 자를 찾아야 할 것입니다. 강호를 떠돌던 때에 손재주 좋은 자에 대한 소문을 들은 적이 있지요. 바로 수배해 놓겠습니다. 그런데 떠나시고 난 후엔 본가로 연락을 어떻게 하실 생각이십니까?"

"일전에 개방주가 내게 주고 간 것이 있으니 그걸 써서 개방을 통해 연락하겠다. 보름에 한 번 정도 주기적으로 연락을 하도록 하지."

"그러면 본가의 소식은 개방의 분타에 전해두도록 하겠습니다."

"알겠다."

사진량이 고개를 끄덕이자 장일소가 다시 질문을 던졌다.

"기간은 어느 정도로 생각하십니까? 너무 길면 대역을 들킬 염려가 있습니다."

"이번에는 두어 가지 문제만 처리할 생각이니, 달포 이내에 돌아올 수 있을 거다."

"달포라… 어찌어찌 들키지 않고 간신히 속일 수 있을 정도로군요. 더 길어지시면 곤란합니다."

"알겠다. 그 정도는 신경 쓰도록 하지."

장일소의 말에 사진량이 고개를 끄덕이며 대답하는 것으로 그날의 은밀한 회의는 조용히 끝났다.

*　　　　*　　　　*

천면귀수(天面鬼手) 번충.

무림에서 가장 널리 이름을 떨친 신투(神偸: 도둑)로 그가 지나간 자리에는 번쩍이는 것이 하나도 남지 않는다고 전해진다. 이십 년이 넘게 무림에서 투도(偸盜)를 해왔지만, 누구도 그의 얼굴을 알아보는 이는 없었다.

천면귀수라는 별호답게 타인에게 모습을 드러낼 때면 매번 얼굴과 성별을 바꿔 전혀 다른 모습으로 나타나기 때문이었다.

신출귀몰한 도둑으로만 알려져 있는 번충의 또 다른 직업은 바로 인피면구 제작자였다. 누구보다 세밀하고 실감 나는 인피면구를 만드는 것으로 흑도인들에게는 더 유명했다. 물론 번충이 천면귀수라는 것을 아는 사람은 전 무림을 통틀어 열 손가락 안에 들 정도였다.

그리고 그것을 알고 있는 몇 안 되는 사람 중 하나가 바로 장일소였다. 사진량의 명령으로 장일소는 개방의 정보망을 이용해 번충의 행방을 알아낼 수 있었다.

다행히도 번충은 생각보다 가까운 곳에 있었다. 아마도 크게 한탕 벌이고 잠잠해지기를 기다리느라 외진 곳에 은신한 것이리라.

무공은 보잘 것 없었지만 신법 하나만큼은 초절정에 이른 번충을 잡기 위해 장일소는 남궁사혁과 함께 천뢰일가를 나섰다. 번충이 몸을 숨긴 곳은 천뢰일가에서 고작 해야 사흘거리에 있는 마을이었다.

"흐흥흥~! 오늘은 뭘 먹어볼까나?"

콧노래를 부르며 번충은 집을 나섰다. 두 달 전 조정의 중신이라는 대갓집의 창고를 털어 수백만 냥어치의 귀금속을 장물아비에게 헐값으로 빠르게 처분한 후, 꼬리가 잡히지 않게 곧장 중원 외곽에 은신처를 마련한 번충이었다.

헐값에 처분했다고는 하나 그것만으로도 평생을 놀고먹을 수 있을 정도의 액수였다. 물론 돈이 충분하다고 해서 투도질을 그만둘 번충이 아니었지만. 한 번의 투도질로 엄청난 금액을 벌어들인 번충이었지만 허리춤의 전낭에는 고작해야 은자 열 냥이 전부였다.

뒤뚱거리며 걸음을 내디딜 때마다 허리춤의 전낭이 흔들려 짤랑거리는 소리가 났다. 번충은 히죽 미소를 지으며 거리를 오가는 사람을 지나쳐 객잔으로 향했다.

길을 지나는 사람 중 누구도 번충을 도둑이라 생각하는 사람은 없었다. 지금 번충의 모습은 살집이 가득하고 고집스러운 인상을 주는 평범한 중년 사내의 모습이었다. 며칠 전 이곳에 막 도착했을 때의 번충과는 전혀 다른 얼굴이었다.

"엣헴!"

어느새 객잔에 다다른 번충은 헛기침을 하며 안으로 들어섰다. 마침 점심 즈음이라 객잔은 식사를 하고 있는 손님이 적당히 들어차 있었다.

"어서 옵쇼, 손님. 이쪽으로 오십쇼."

접대용 미소를 지으며 다가온 점소이가 번충을 빈자리로 안내했다. 자리에 앉은 번충은 슬그머니 주위를 둘러보더니 음식을 주문했다.

"일단 소면 한 그릇 내오고, 닭구이 한 마리 지금 되냐?"

"예예, 물론입죠. 당연히 됩니다."

"닭구이 한 마리랑 화주 한 병 가져다주시게."

조금은 작아 보이는 의자에 등을 기대며 번충은 거만한 얼굴로 주문했다. 점소이는 싹싹해 보이는 얼굴로 연신 넙죽거리며 주문을 받아 쪼르르 주방으로 달려갔다.

"여기 소면 하나, 닭구이 하나! 화주 한 병 있어요!"

향신료가 조금 독특하긴 하지만 객잔의 규모에 비해 음식이 꽤나 맛있었다. 번충은 소면을 게 눈 감추듯 비워내고는 닭구이를 안주 삼아 화주를 들이켰다.

"크어! 술맛 좋구만!"

잘 구워진 닭다리를 뜯으며 번충은 만족스러운 미소를 지었다. 남은 다리 하나를 뜯어내 살점을 발라 먹으려던 순간, 번충은 어깨를 움찔했다. 오랜 세월 동안의 투도 생활로 단련된 본능이 위험을 경고했다. 누군가의 시선이 느껴졌다.

'뭐, 뭐지? 추적자가 있을 리가……!'

분명 누구에게도 들키지 않고 아무런 흔적도 남기지 않았다. 게다가 모습도 완전히 바뀌 버렸으니 자신을 알아볼 수 있는 자는 없었다. 그런데 이 불길한 느낌은 무어란 말인가. 식욕과 취기가 한순간에 싹 달아났다.

번충은 기름기로 번들거리는 입술을 혀로 핥으며 주위를

빠르게 훑었다. 그리 수상해 보이는 자들은 없어 보였다. 하지만 번충은 경계심을 늦추지 않았다. 겉으로는 조금 전처럼 화주를 마시고 닭구이를 뜯어 먹었다.

이상하게도 한순간 느껴진 시선은 더 이상 느껴지지 않았다. 번충은 여전히 경계심을 늦추지 않았다. 한순간의 방심이 돌이킬 수 없는 파국을 불러들인다는 것쯤은 누구보다 잘 알고 있는 번충이었다.

차려진 음식을 다 먹어치운 번충은 전낭에서 은자 두 냥을 꺼내 탁자에 내려놓고는 벌떡 일어나 객잔을 나섰다.

"돈은 여기 놓고 가오. 잔돈은 됐소이다."

막 객잔 밖으로 나간 뚱뚱한 중년 사내의 모습을 떠올리며 남궁사혁이 말했다.

"흐음, 저게 진짜 그 천면귀수라는 작잡니까?"

남궁사혁의 물음에 장일소가 고개를 끄덕이며 대답했다.

"그렇다네. 주기적으로 제 모습을 완전히 바꾸는 탓에 누구도 진면목을 아는 이가 없다지 아마?"

"제가 보기엔 그냥 평범한 뚱땡이 아저씨 같은데 말입니다."

"허어, 겉모습에 속으면 안 되네. 그만큼 저자의 변장이 완벽하다는 방증 아니겠나? 인피면구 제조술은 중원에서 저자를 능가하는 자는 없을 걸세. 이번 일을 제대로 하려면 꼭 필요한 인물이지."

장일소의 말에 남궁사혁은 나직이 한숨을 내쉬다 문득 떠오른 궁금함에 질문을 던졌다.

"근데 그런 작자를 장노께서 어떻게 알고 계신 겁니까? 아무리 개방의 정보망을 이용했다지만 너무 쉽게 찾아낸 거 아닙니까? 보아하니 자신의 행적을 쉽게 들킬 자는 아닌 거 같은데 말입니다."

"커험! 그, 그것이… 자세히 알려 하지 마시게나."

예상치 못한 질문에 당황한 장일소는 사레가 들린 듯 헛기침을 했다. 그러곤 전에 없이 근엄한 얼굴로 으름장을 놓았다. 무언가 말하기 곤란한 사연이 있는 것 같았다.

흥미가 생겼지만 남궁사혁은 굳이 다시 묻지 않았다.

"흐음… 뭐, 그건 그렇다 치고. 이제 슬슬 쫓아가 봐야겠군요. 좀 전에 보니 제법 감이 날카로운 것 같던데 말입니다. 좀 떨어져서 쫓아가다 조용해지면 쓱싹 처리해야겠군요."

남궁사혁은 미지근한 차를 단숨에 비우고는 벌떡 일어났다. 그대로 객잔을 나서는 남궁사혁의 뒤를 장일소가 허둥지둥 쫓았다.

'불길하군. 불길해.'

화주 한 병을 단숨에 비웠지만 번충은 조금도 취하지 않았다. 특유의 경계심이 술기운을 단번에 날려 버린 탓이었다. 짧은 한순간에 느껴진 누군가의 시선이었지만 그 정도로도 충분했다.

걸음을 옮기며 번충은 손을 들어 한쪽 볼을 꽉 쥐고 잡아당겼다. 종이가 찢어지는 소리와 함께 얼굴 가죽이 확 벗겨지고 다른 얼굴이 드러났다. 혹시나 싶어 인피면구를 여러 개 쓴 것이 정답이었다.

순식간에 얼굴을 바꾼 번충은 옷매무새를 다듬어 체형까지 바꿨다. 조금 전까지의 뚱뚱한 중년 사내는 사라지고 갸름한 인상의 청년이 그 자리에 있었다.

번충은 찢어진 인피면구를 대충 품속에 쑤셔 넣고는 사람들 사이로 모습을 감췄다.

'다른 곳으로 옮겨야겠군. 여긴 아무래도 불안하니 말이야.'

번충은 은신처로 가지 않고 곧장 골목을 빠져나와 마을 밖으로 걸음을 옮기기 시작했다. 은신처에 숨겨둔 금전이 아까웠지만 어쩔 수 없었다. 그것을 챙기려다 잡히는 것보다 나았으니. 게다가 어차피 다른 은신처에도 충분히 숨겨둔 것이 있었다.

타타탁!

걸음이 점점 빨라졌다. 마을 외곽에 닿자 주위를 오가는 사람들이 거의 없어 텅 빈 거리를 마음껏 내달릴 수 있었다. 지금껏 누구도 잡지 못한 천면귀수의 별호를 얻게 해준 신법, 질풍무영보가 펼쳐졌다.

번충의 신형은 한 걸음에 서너 장씩 쭉쭉 뻗어나갔다. 순식간에 마을을 벗어난 번충은 걸음을 멈추지 않고 계속해서 내달렸다. 불안감이 완전히 사라지기 전까지는 절대 멈출 생각이 없었다.

그런데.

"어딜 그렇게 바쁘게 가시나?"

번충이 마을을 벗어난 지 채 반각도 지나지 않을 무렵, 갑작스레 낯선 음성이 귓가로 날아들었다. 번충은 저도 모르게 그 자리에서 멈춰 섰다. 아니, 멈출 수밖에 없었다. 마치 들려온 목소리가 멈추라고 명령을 내린 것만 같았다.

"뉘, 뉘시오……?"

번충은 경악한 눈으로 목소리가 들려온 방향으로 고개를 돌렸다. 길가에 있는 나무 위에 누군가 걸터앉아 자신을 내려다보고 있었다. 남궁사혁이었다. 분명 번충보다 한참이나 늦게 객잔을 나섰음에도 남궁사혁이 먼저 와서 기다리고 있었다.

"천면귀수 번충, 맞나?"

남궁사혁은 씨익 미소를 지으며 물었다. 순간 번충의 낯빛이 순식간에 어두워지더니 새파랗게 질렸다가 아예 새하얗게 변해 버렸다.

"어, 어, 어, 어떻게……!"

지금껏 이렇게 자신의 정체를 물어 오는 자는 단 한 번도 없었던 터라 번충은 당황을 감추지 못하고 말도 제대로 하지 못했다. 남궁사혁은 허리의 반동을 이용해 그대로 나무 위에서 훌쩍 뛰어내렸다. 가볍게 바닥에 착지한 남궁사혁은 번충을 바라보며 말했다.

"길바닥에서 할 얘긴 아니니, 조용히 따라오시지."

"……"

번충은 질끈 아랫입술을 깨물었다. 한 줄기 피가 배어 나오자 새하얗게 질린 얼굴에 혈색이 조금 돌아오는 것 같았다. 번충은 그 자리에 돌처럼 굳은 채 가만히 남궁사혁을 쳐다보았다. 손끝이 부들부들 떨렸다. 이대로 따라가면 어쩐지 굉장히 곤란한 지경에 처할 것 같은 예감이 들었다.

"따라오라니까 뭐 하는 거지?"

그 자리에서 꼼짝도 하지 않고 있는 번충의 모습에 남궁사혁은 살짝 눈살을 찌푸렸다. 그 순간, 번충은 온 힘을 다해 남궁사혁의 맞은편으로 바닥을 박차고 내달렸다.

타타타탓!

목숨을 건 탈주였다. 질풍무영보를 극성으로 펼친 번충의 속도는 시위를 떠난 쏜살같았다. 번충은 돌아보지도 않고 오직 앞만 보고 온 힘을 다해 내달렸다.

하지만…….

"거참! 그냥 조용히 따라오라니까."

바로 옆에서 남궁사혁의 음성이 조용히 들려왔다. 대경실색한 번충은 그대로 발이 꼬여 바닥에 호되게 부딪치고 뒹굴었다.

"으헉!"

쿠당탕! 콰당!

달리던 속도 그대로 바닥을 뒹군 탓에 번충은 십여 장이나 튕겨 나가 그대로 바닥에 고꾸라졌다. 엄청난 충격에 정신이 아득해졌다. 희미해져 가는 번충의 귓가에 어느새 가까이 다가온 남궁사혁의 황당해하는 음성이 들려왔다.

"내가 무슨 협박한 것도 아니고 말만 몇 마디 했는데 제 풀에 이게 뭔 난리야? 이거 진짜 그 유명하다는 천면귀수 맞아?"

'크윽! 내가 그 천면귀수 맞소!'

멀쩡하다면 그렇게 소리치고 싶었지만 이내 번충은 그대로 까무룩 의식의 끈을 놓아버렸다.

"으, 으음……."

낮은 신음과 함께 번충은 의식을 되찾아갔다. 온몸이 몽둥이로 두드려 맞은 듯 뻐근하고 쓰라렸다. 번충은 손가락 하나 꼼짝하지 못했다. 눈을 감은 채 정신을 잃기 전의 기억을 더듬었다.

전력을 다해 달아나는 자신을 여유로운 모습으로 쫓아오던 남궁사혁의 모습이 확 떠올랐다.

'헉! 그, 그럼 여긴……!'

갑자기 정신이 번쩍 들었다. 분명 마지막에 본 것이 남궁사혁이라면 자신은 지금 그의 손아귀에 있는 것이었으니. 눈을 떠 확인해 보고 싶었지만, 그럴 엄두가 나지 않았다. 어디가 부러지기라도 한 것인지 손가락 하나 꼼짝할 수 없었다.

"끄으으……!"

저도 모르게 신음이 흘러나왔다. 순간 누군가 다가오는 기척과 함께 조용한 노인의 음성이 들려왔다.

"허어, 이거야 원. 의뢰를 하려고 했는데 사람을 이 꼴로 만들면 어쩝니까, 남궁 소협. 아직도 정신을 못 차리고 있지 않습니까."

누군가를 질책하는 것 같은 말투였다. 곧장 억울하다는 투의 젊은 음성이 들려왔다. 분명 자신을 쫓아온 사내의 것이었다.

"전 그냥 조용히 데려 오려고 했습니다. 근데 이 인간이 제 풀에 놀라 날뛰다 저렇게 된 걸 어쩌겠습니까? 전 아무 잘못도 없다고요."

"지금 이 꼴을 보고 그 말을 어떻게 믿습니까?"

"진짜로 전 손가락 하나 안 건드렸습니다, 장노."

"남궁 소협께서 그렇다면 그런 것이겠지요, 허허."

"진짜라니까요. 아오, 답답해 미치겠네. 그러면 이 작자를 깨워서 물어보자고요. 제가 지금 거짓말을 하는 건지 아닌지 말입니다!"

젊은 사내가 가슴을 두드리는 소리가 들리더니 이내 누군가의 그림자가 번충의 몸에 길게 드리웠다. 번충은 저도 모르게 어깨를 움찔했다. 한순간의 미세한 움직임이었지만 젊은 사내, 남궁사혁은 번충이 정신을 차렸다는 것을 눈치챘다.

"그만두십시오, 남궁 소협. 다리가 부러질 정도로 호되게 굴렀으니 아직 정신을 차리지 못했을 겁니다."

다가온 남궁사혁을 말리는 노인, 장일소의 음성이 들려왔다. 번충은 속으로 침을 삼키며 중얼거렸다.

'뉘, 뉘신지 모르지만 고맙수다.'

남궁사혁은 고개를 내저으며 말했다.

"괜찮습니다, 장노. 딱 보니 벌써 정신 차렸는데 아닌 척하고 있는데요, 뭘. 그냥 조용히 몇 마디만 하면 번쩍 눈을 뜰 겁니다."

남궁사혁은 팔을 걷어붙이며 누워 있는 번충에게 다가갔다. 그러곤 고개를 숙여 번충의 귓가에 나직이 속삭였다.

"자는 척은 적당히 하시는 게 어떻소? 안 그러면 어떻게 될지는 뭐, 알아서 상상하시구려."

구체적으로 어떻게 해꼬지를 하겠다는 것보다 훨씬 섬뜩하게 느껴지는 말이었다. 번충은 고민할 것도 없이 온 힘을 다해 번쩍 눈을 떴다.

"바, 방금 정신 차렸소이다."

혼절한 듯 보이던 번충이 단번에 눈을 뜨자, 장일소는 눈을 휘둥그레 뜬 채 남궁사혁을 쳐다보았다. 남궁사혁은 씨익 미소를 지으며 말했다.

"어떻습니까? 제 말이 맞죠?"

할 말을 잃은 장일소는 그저 휘둥그레진 눈으로 남궁사혁과 번충을 번갈아 쳐다보았다.

"후우우, 그러니까 인피면구 두 장을 만들어 달라는 거 아니오? 그러면 그렇다고 빨리 말씀을 하셨으면 내 그리 달아나지 않았을 거 아니오."

안도의 한숨을 내쉬며 번충이 말했다. 남궁사혁이 살짝 미간을 찌푸리며 대꾸했다.

"내 긴히 할 얘기가 있으니 조용히 따라오라고 했을 텐데? 그런데 지레 겁을 집어먹고 냅다 도망친 건 누구시더라?"

"그런 상황이었다면 내가 아니라 다른 누구라도 모두 달아나려고 했을 거요. 나 정도 되니까 다리 하나 부러지는 정도로 끝난 거요."

"얼씨구?"

남궁사혁이 눈꼬리를 살짝 치켜 올리자 번충은 어깨를 움찔하며 고개를 돌렸다. 남궁사혁이 무어라 타박하려고 하자, 장일소가 손을 들어 그것을 막았다. 그러곤 번충을 바라보며 조용히 입을 열었다.

"지금까지의 일은 서로 오해한 것이니 너그러이 이해해 주시구려. 그보다 인피면구 제작 의뢰는 받아주시겠소이까? 물론 사례는 충분히 하겠소이다."

"실제 얼굴과 똑같이 생긴 거 한 장이랑 딱히 눈에 띄지 않는 평범한 얼굴 한 장이라고 하셨소?"

"그렇소."

번충은 팔짱을 낀 채 눈을 감고 가만히 생각에 잠겼다. 장일소는 조용히 번충의 말을 기다렸다. 고개를 좌우로 까딱이며 생각하던 번충은 이내 천천히 눈을 뜨고는 물었다.

"만약 내가 거절한다면?"

"마음을 되돌리도록 설득할 거요. 우리가 원하는 수준의 인피면구를 만들 수 있는 이는 오직 당신뿐이니 말이오."

장일소는 단호한 얼굴로 대답했다. 그 모습에 번충은 저도 모르게 한숨을 푹 내쉬었다.

"이거야 원, 부탁이 아니라 차라리 협박을 하시지 그러시오. 거절할 수 없는 부탁이라니……."

"들어주시겠지요?"

은근한 압박감을 주는 장일소의 말이었다. 번충은 거푸 한숨을 내쉬며 고개를 끄덕였다.

"후우우, 어쩔 수 없구려. 대신 내가 원하는 만큼의 대가를 주셔야 하오. 우선 재료비로 금자 오십 냥이 필요하오. 거기에 입막음용으로 금자 스무 냥 더하고, 계약금 조로 금자 삼십 냥. 합이 금자 백 냥을 먼저 주셔야 일을 시작할 수 있소이다."

과히 폭리라고 할 수 있는 수준의 금액이 번충의 입에서 아무렇지도 않게 흘러나왔다. 장일소는 품속에서 금자 열 냥짜리 전표(錢票) 열 장을 꺼냈다.

"만금전장(萬金錢莊)이 지급 보증하는 전표라오. 언제든 금자로 바꿀 수 있으니 이걸로 드리겠소. 그러면 계약은 성립한 거요. 재료 준비에는 얼마나 시간이 걸릴 것 같소?"

보통 질 좋은 인피면구가 은자 오십 냥 정도의 가격에 거래

된다. 그런데 선금으로 금자 백 냥을 부른 것은 엄청난 폭리였다.

물론 천면귀수가 만든 인피면구라면 다른 것의 두세 배는 넘는 가치가 있었다. 하지만 번충이 부른 금액은 상상을 초월하는 엄청난 액수였다. 착수금이 금자 백 냥이니 일을 마친 후에는 최소한 그 두 배는 더 지급해야 했다. 고작해야 인피면구 두 장의 가격이라고는 믿기지 않는 금액이었다.

사실 엄청난 금액을 부르면 장일소가 포기할 거라 생각한 번충이었다. 그런데 이렇게 선뜻 금자 백 냥을 내놓는 것을 보니 어쩐지 불길한 예감이 들었다. 그렇다고 금액까지 부른 마당에 안 하겠다고 할 수는 없는 노릇이었다.

"재료는 열흘 정도면 필요한 만큼 넉넉하게 준비할 수 있을 거요."

태연하게 말하며 번충은 바닥에 놓인 전표를 향해 손을 뻗었다. 전표에 닿은 손끝이 미세하게 파르르 떨리고 있었다. 짧은 순간 번충은 고민했다. 이대로 전표를 집어 든다면 더 이상은 돌이킬 수 없었다.

꿀꺽!

번충은 저도 모르게 침을 삼켰다. 가만히 그 모습을 지켜보던 남궁사혁이 불쑥 말했다.

"착수금이 금자 백 냥이니 성공 보수는 그 세 배 정도인가?

인피면구 두 장에 금자 사백 냥이라… 거참, 터무니없는 금액이로구만."

"그, 그래서 못 내시겠다는 거요? 그러면 어쩔 수 없지. 없었던 일로 합시다."

번충은 아쉽기는 했지만 전표에서 손을 떼어내며 그렇게 말했다. 남궁사혁이 씨익 미소를 지으며 입을 열었다.

"내가 언제 못 내겠다고 했나? 원하는 수준의 인피면구를 완성한다면 금자 오백 냥을 딱, 맞춰주지. 대신 이번 일에 대해 그 어느 곳에서도 단 한마디도 하지 않을 거라고 천면귀수의 명예를 걸고 맹세를 해줘야겠어. 아니, 그 두 손에 걸고 맹세를 하는 게 더 낫겠군."

"금자 오백 냥이라고……!"

예상 밖의 제안에 번충은 놀란 눈으로 남궁사혁을 쳐다보았다. 아무리 정교한 인피면구를 만든다고 해도 그것에 들이는 시간과 재료 등을 생각한다면 수백 배는 넘는 이득이었다. 하물며 인피면구 제작은 자신이 중원 최고라 자처하는 번충이었으니.

위험한 선택이 될 거라는 예감이 머릿속을 스쳤지만 유혹을 견뎌낼 수 없었다. 번충은 저도 모르게 손을 뻗어 전표를 집어 들었다.

"계약 성립이오. 내 열흘 후 재료를 모두 준비해서 객잔으로 찾아가겠소."

전표를 품속에 갈무리한 번충은 천천히 몸을 일으켰다. 왼쪽 다리가 부러졌지만 부목을 단단히 대어놓은 터라 통증이 심하지는 않았다. 게다가 목발도 미리 준비해 주었으니 조금 불편하긴 하겠지만 걷는 데 크게 이상은 없었다.

"만약 열흘 뒤에 약속대로 오지 않는다면… 각오하는 게 좋을 거야."

남궁사혁은 입꼬리를 살짝 말아 올리며 번충을 위협했다. 남궁사혁에게서 느껴지는 싸늘한 살기에 번충은 어깨를 흠칫 떨었다. 하지만 이내 더듬거리며 낮게 소리쳤다.

"사, 사람을 뭘로 보는 거요. 이 번충, 아무리 도둑이라지만 계약을 저버리는 일은 절대 없소이다. 오랜 세월 업계에서 살아남으려면 나름의 신뢰가 있어야 하는 것이니!"

"좋아. 한번 믿어보지."

남궁사혁은 어느새 살기 따위는 조금도 느껴지지 않는 능글맞은 미소를 짓고 있었다. 자신을 떠보려고 한 말이라는 것을 눈치챈 번충은 저도 모르게 인상을 찌푸리며 휙 돌아섰다. 그러곤 목발을 짚고 성큼성큼 걸어 나갔다.

"열흘 후에 다시 뵙겠소이다."

*   *   *

"대체 어디로 가는 거요?"

번충은 두꺼운 천으로 두 눈을 가린 채 주위를 두리번거리고 있었다. 규칙적인 말발굽 소리와 투레질, 그리고 이리저리 흔들리는 것이 마차 안에 있다는 것만 알려주고 있었다. 남궁사혁은 번충의 질문에는 대답하지 않고 조용히 말했다.

"그대로 달아날 줄 알았는데… 그래도 제 명예를 걸고 한 계약은 어쩔 수 없나 보지?"

"내 전에도 말했지만, 이 바닥에서 오랫동안 살아남으려면 계약은 반드시 지켜야 하는 법이오."

"하긴 도둑들 사이에도 의리는 있는 거니까."

남궁사혁은 피식 미소를 지으며 고개를 끄덕였다.

"그런데 아직 내 질문에는 답하지 않았소만… 지금 대체 어딜 가는 거요?"

"그건 굳이 알려고 하지 않는 게 좋아. 비밀 엄수를 위해서는 아는 것이 최대한 적은 게 좋으니까."

"뭐, 그건 그렇긴 하구려."

번충은 팔짱을 끼며 알겠다는 듯 고개를 끄덕였다. 확실히 비밀 엄수를 위해서 자신은 인피면구 만드는 일에만 매진하는 편이 좋았다. 괜히 쓸데없는 사실을 알게 되면 아무리 입이 무거운 자신이라도 모르는 사이에 실수를 하게 될 수도 있

는 일이었다. 때문에 남궁사혁이 알려주지 않는 것들을 굳이
알아낼 필요는 없었다.

"뭐, 좀 불편하겠지만 조금만 참고 기다리라고. 아예 한숨
푹 자고 있는 게 나을지도 모르겠군. 네 시진쯤 가야 하니까
말이야."

"흠… 꽤 거리가 있나 보구려. 그럼 한숨 자고 있을 테니
잘 부탁드리오."

나직이 한숨을 내쉬며 번충은 그 자리에 등을 깊이 뉘였
다. 솜이 가득 들어 있는 덕에 반쯤 누운 자세였지만 생각보
다 폭신하고 편안했다. 안 그래도 최상급 재로를 구하느라 지
난 열흘 간 제대로 잠도 자지 못해 피곤한 상태였다.

번충은 길게 하품을 하며 천으로 가려진 눈을 감았다. 워
낙에 피로했던 탓인지 번충은 이내 코까지 골며 깊은 잠에 빠
져들었다.

"으음……."

번충은 몸을 뒤척이며 서서히 잠에서 깨어났다. 분명 마차
에서 잠이 들었는데 폭신한 솜이불이 몸에 덮여 있는 것이
느껴졌다.

천천히 눈을 뜨자 어두운 방 안의 침상 위에 자신이 누워
있다는 것을 알게 되었다. 번충은 천천히 몸을 일으켜 가만

히 주위를 둘러보았다.

침상 하나와 탁자 하나만 덩그러니 놓여 있는 그리 넓지 않은 방이었다. 탁자 위에는 불이 붙지 않은 작은 등불이 놓여 있었다. 번충은 이불을 걷어내고 침상에서 일어나 탁자에 다가갔다. 등불 옆에 작은 화섭자가 놓여 있었다.

탁! 타탁! 화르륵!

화섭자를 집어 들고 번충은 등불에 불을 붙였다. 이내 심지에 불이 붙어 타오르며 주위를 밝혔다. 작은 등불이었지만 방 안을 밝히기에는 충분했다.

"일어났군."

갑자기 등 뒤에서 들려온 음성에 번충은 움찔 놀라 다급히 고개를 돌렸다. 언제 나타난 것인지 남궁사혁이 원래부터 거기 있던 것처럼 팔짱을 낀 채 벽에 등을 기대고 있었다.

"까, 깜짝이야. 언제부터 거기 계셨던 게요?"

"방금 막 들어온 거야."

"그러면 기척이라도 내셨어야지. 얼마나 놀랐는지 아시오. 심장이 멎을 뻔하지 않았소."

번충은 놀란 가슴을 쓸어내리며 구시렁거렸다. 남궁사혁은 피식 미소를 지으며 팔짱을 풀고 천천히 걸음을 옮기기 시작했다.

"이제 일을 시작해야 하니 따라와."

"그럽시다."

번충은 남궁사혁의 뒤를 조용히 쫓았다. 밖으로 이어진 복도의 벽에는 열 걸음마다 하나씩 횃불이 걸려 있었다. 횃불이 거세게 타오르고 있는 데도 어쩐지 어두운 느낌이 드는 걸로 보아 지하인 것 같았다. 조금은 습하고 서늘한 느낌도 들었다.

"여기가 어딘지 궁금하지 않은가 보지?"

앞장서서 걸음을 옮기던 남궁사혁이 불쑥 물었다. 번충은 아무 관심 없다는 투로 대꾸했다.

"물어봤자 어차피 안 가르쳐 줄 거 아니었소?"

"뭐, 그렇긴 하지."

"그리고 아는 게 많아봐야 나만 위험해지지. 일이 끝날 때까지 그냥 모른 채로 계속 있겠소이다. 그러니 일에 필요한 얘기 말고는 아무 말도 하지 않았으면 좋겠소. 실수로라도 말이오."

번충의 말에 남궁사혁은 피식 미소를 지으며 고개를 끄덕였다.

"좋은 자세로군. 그 생각, 절대 변하지 않는 게 좋을 거야. 안 그러면 무슨 일이 생길지 모르는 일이니."

그러는 사이 남궁사혁은 복도의 끄트머리에 있는 커다란 문 앞에서 멈춰 섰다. 얼핏 보기에도 묵직한 무게감이 느껴지는 것이 웬만한 힘으로는 열기 힘들어보였다.

끼이익! 쿠구구!

손을 뻗은 남궁사혁이 힘차게 문을 밀자 녹슨 경첩의 날카로운 금속성과 함께 커다란 문이 천천히 열리기 시작했다. 이내 문이 활짝 열리고 두 사람은 안으로 들어갔다.

열린 문틈으로 코끝이 찡그려질 정도로 강한 약재 냄새가 흘러나왔다. 번충이 열흘 동안 바쁘게 뛰어다니며 준비한 인피면구 제조에 필요한 약재들이었다.

익숙한 약재 냄새를 맡으며 안으로 들어선 번충의 눈에 방 안에 앉아 있는 사내의 모습이 보였다. 남궁사혁의 또래 정도 되어 보이는 젊은 사내였다.

"여어, 오래 기다렸냐?"

남궁사혁이 방 안에 있는 젊은 사내, 사진량을 쳐다보며 물었다. 사진량은 안으로 들어서는 두 사람을 흘낏 보고는 대꾸했다.

"아니, 나도 막 도착한 참이다."

"그렇구만."

가만히 남궁사혁과 사진량을 번갈아 쳐다보며 눈치를 살피던 번충이 조심스레 말했다.

"내가 만든 인피면구를 쓰실 분이시오?"

"지난번에도 얘기했지만 필요한 인피면구는 두 장이야. 하나는 저 녀석의 얼굴과 똑같은 인피면구, 그건 내가 써야 하니까 좀 신경 써서 만들어 달라고. 다른 하나는 저 녀석이 쓸 거야. 뭐, 눈에 크게 띄지 않는 평범한 인상이면 되니까 적당히 대충 만들어 달라고."

남궁사혁의 말에 번충은 나직이 한숨을 내쉬며 대꾸했다.

"후우, 진작 말을 하지 그랬소. 미리 얼굴의 본을 떠뒀으면 한 장을 만드는 데 사흘 정도는 시간을 줄일 수 있었을 텐데 말이오."

"지금부터 만들기 시작하면 얼마나 걸리지?"

사진량이 불쑥 질문을 던졌다. 남궁사혁을 보고 있던 번충은 고개를 돌려 사진량을 쳐다보았다. 남궁사혁과는 또 다른 강렬한 존재감이 느껴졌다. 은은한 위압감이 온몸으로 전해졌다.

번충은 저도 모르게 시선을 슬쩍 회피하며 대답했다.

"대충 들었소만 특상급을 원하시는 것 같으니 최대한 시간을 투자해야 하오. 한 장을 만드는 데 적어도 보름 이상은 걸릴 게요. 넉넉잡아 한 달 보름 정도 생각하시는 게 좋을 거요."

"일회용이 아니라 여러 번 벗었다 썼다 할 수 있는 것이겠지?"

사진량의 질문이 이어졌다. 원래 인피면구는 내구성이 약해 가면처럼 여러 번 썼다 벗었다 할 수 있는 물건이 아니었다. 특수 처리를 하기는 하지만, 일단 한번 착용하고 나면 점점 부식이 되기 시작해 벗겨내려다 찢어지기 일쑤였다.

하지만 다행히도 번충의 인피면구는 달랐다. 자신만의 독특한 약품 처리를 해 내구성을 최대한으로 높여 웬만해서는 쉽게 찢어지지 않고, 몇 번이고 썼다 벗었다 할 수 있었다.

"찢어지지 않게 조심만 하면 충분히 그럴 수 있을 거요. 벗은 후에는 특수 보존 약품에 담가두기만 하면 수명을 좀 더 늘릴 수 있소이다."

"혹시나 모를 일이니 여분으로 한 장 씩 더 만들어줄 수 있겠나?"

"재료는 충분하오만 대신 비용이 세 배로 늘어나게 된다오. 괜찮으시겠소?"

"비용은 문제가 없다. 하지만 시간이 더 걸리는 것은 아닌가?"

"열흘 정도 더 필요하오. 같은 것을 하나 더 만드는 것은 쉬운 일이라오."

번충의 대답에 사진량은 가만히 고개를 끄덕였다.

"두 달 주지."

사진량의 말에는 더 이상의 시간을 허용하지 않겠다는 뜻이 담겨 있었다. 그것을 알아들은 번충은 고개를 끄덕이며 말했다.

"그 정도면 충분하오. 그럼 지금 당장 작업을 시작하겠소."

번충이 작업을 시작한 지 열흘이 지났다. 그동안 각종 약
물을 맨손으로 만진 탓에 번충의 손은 시커먼 얼룩으로 가득
했다. 그래도 가장 힘든 과정 중 하나인 기본 작업이 끝나 한
시름 놓을 수 있었다.

인피면구의 완성도를 결정하는 것이 바로 기본 작업이라
신경을 바짝 곤두세울 수밖에 없었다. 특히나 사흘 전부터는
잠도 한숨 자지 못하고 일에만 매달려 있었다. 극독에 가까
운 약물 처리를 정확한 시간에 맞춰 해야 하는 탓이었다.

"후우, 제일 위험한 작업이 끝났으니 이제 좀 쉴 수 있겠
군."

길게 한숨을 내쉬며 번충은 이마 가득한 땀을 닦아냈다.
후가공 과정은 세밀한 작업이 많아 시간을 들여야 하지만 기
본 작업처럼 극독을 다룰 일은 없었다. 후가공 과정은 이틀
정도 건조를 거친 후, 시작해야 하는 일이라 그 사이에는 푹
쉴 수 있었다.

번충은 지친 몸을 일으켜 비척거리는 걸음으로 작업실을
벗어나기 시작했다. 그러다 문득 사진량과 남궁사혁의 얼굴
을 본뜬 것이 눈에 들어왔다. 번충은 그 자리에 서서 가만히

사진량의 얼굴을 쳐다보았다.

"흐으음… 분명 어디선가 본 것 같은 얼굴인데 말이 야……?"

사진량을 처음 봤을 때에도 그런 생각이 들긴 했지만, 그냥 지나쳤던 번충이었다. 하지만 인피면구 작업을 하면서 계속 얼굴을 보고 있으니 무언가 떠오를 듯 말 듯했다. 이내 번충 은 고개를 휘휘 내저으며 작업실을 빠져나갔다.

"어이구. 아서라, 아서. 괜히 쓸데없는 걸 떠올렸다간 내 목숨이 위험해진다고. 그냥 작업에만 신경 쓰자고, 작업에 만……."

그렇게 중얼거리며 번충은 몽실몽실 떠오르는 생각을 억지 로 머릿속에서 지워냈다.

*　　　*　　　*

네 장의 인피면구.

사진량의 얼굴을 본뜬 것은 진짜 얼굴과 도무지 구분을 할 수 없을 정도로 정교하고 세밀하게 만들어져 있었다. 질감도 진짜 피부와 거의 동일한 데다 어떤 약물로 처리한 것인지 혈 색의 변화까지도 완벽하게 재현했다.

일반적인 인피면구가 표정의 변화가 거의 없고, 일정한 혈색 때문에 눈썰미가 뛰어난 자라면 가짜 피부라는 것을 눈치 챌 수 있을 것이다.

하지만 번충이 만든 것은 달랐다. 어느 정도 투명도를 높인 것인지 혈색의 변화가 드러났고 탄력이 좋은 탓에 다양한 표정 변화도 보일 수 있었다.

"지금껏 만든 면구 중 최고의 작품이라고 자신할 수 있소이다."

번충은 네 장의 인피면구를 가리키며 자신 있게 말했다. 예정했던 것보다 닷새나 일찍 만들어지긴 했지만 그 완성도는 이루 말할 수 없었다. 진짜 피부라 해도 믿을 수 있을 정도로 적당한 탄성에 질감까지. 게다가 두 장은 주문대로 사진량의 이목구비를 쏙 빼닮기까지 했다. 진짜 얼굴과 구분이 가지 않을 정도로 똑같았다.

"호오? 이거 정말 똑같이 만들었는데? 이게 내가 쓸 거란 말이지?"

사진량의 얼굴을 본뜬 인피면구를 본 남궁사혁이 자못 감탄한 어조로 말했다. 자신감에 가득 찬 미소를 지으며 번충이 고개를 끄덕였다.

"얼굴의 이목구비 형태에 맞춰 제작했으니 제 옷을 입은 것처럼 딱 맞을 게요. 게다가 피부에 닿는 부분에는 특수 약물을 처리해 불편함은 전혀 없을 거요. 한번 써보시겠소?"

"어차피 처리해야 할 문제는 미리 다 해결해 뒀으니 상관없겠군. 어디 써보지, 뭐."

남궁사혁은 고개를 끄덕이며 사진량의 얼굴을 본뜬 인피면구 한 장을 집어 들었다. 가면처럼 얼굴에 쓰려고 하자 번충이 말했다.

"먼저 안쪽에 물을 골고루 바르고 잠시 기다리셔야 하오. 그래야 접착액이 녹아 피부에 딱 달라붙을 수 있지."

남궁사혁은 번충의 말대로 인피면구 안쪽에 물을 약간 묻히고 잠시 기다렸다. 이내 접착액이 녹아 진득한 상태가 되었다. 번충은 손가락으로 접착액의 점도를 확인한 후, 말했다.

"이제 쓰셔도 되오. 접착 면의 굴곡을 당신 얼굴에 딱 맞춰 뒀으니 쉽게 쓰실 수 있을 거요."

남궁사혁은 조심스레 인피면구를 덮어썼다. 접착액이 피부에 닿자 왠지 모르게 시원한 느낌이 들었다. 이리저리 위치를 조절해 이목구비에 딱 맞춘 후 살짝 누르자 기포가 빠져나가며 인피면구가 얼굴에 딱 달라붙었다.

남궁사혁은 벽에 걸린 명경에 비친 얼굴을 확인해 보았다.

"오호? 감쪽같구만. 근데 이마 쪽 접착 면이 약간 어색해 보이는데?"

"그건 이마를 쓸어 올리며 계속 눌러주면 금방 사라질 거요."

번충의 말대로 손을 들어 이마를 쓸어 올리며 남궁사혁이 물었다.

"떼어낼 때는?"

"얼굴 전체를 따듯한 물에 푹 담그고 나면 접착 면 끄트머리가 살짝 일어날 거요. 그때 찢어지지 않게 떼어내면 된다오. 보관할 때는 먼지가 닿지 않도록 하는 게 중요하지. 잘만 보관한다면 스무 번 정도는 썼다 벗었다 할 수 있을 거요. 접착력이 좀 떨어지긴 할 테지만."

"그렇군."

남궁사혁은 고개를 끄덕이며 계속 이마를 쓸어 올렸다. 이내 접착 면의 경계가 감쪽같이 사라졌다. 남궁사혁은 명경에 비친 얼굴을 확인하며 일부러 표정을 과격하게 변화시켰다. 살짝 피부가 당기는 느낌이 있긴 했지만 인피면구의 변화는 어색함이 전혀 없었다.

"어떠시오? 그 정도면 완벽하지 않소이까?"

번충의 말에 남궁사혁은 고개를 끄덕이며 흘낏 사진량을 쳐다보았다.

"어떠냐? 감쪽같아 보이지 않냐?"

"난 그런 표정 지은 적 없다."

남궁사혁의 물음에 그렇게 툭 말을 던진 사진량은 자신이 쓸 인피면구를 집어 들었다. 조금 전 남궁사혁이 했던 대로 물을 묻히고 인피면구를 덮어 쓰자 사진량의 얼굴은 평범하기 짝이 없는 보통 사람으로 변했다. 누구도 알아볼 수 없을 정도의 인상이었다.

사진량은 남은 한 장을 품속에 조심스레 갈무리했다. 가만히 눈치를 살피고 있던 번충이 입을 열었다.

"이제 다 된 것 같은데 약속했던 보수는……."

사진량이 품속에서 전표 뭉치를 꺼냈다.

"만금전장 보증 전표로 모두 금자 이천 냥이다. 이 정도면 충분하겠지?"

"하이고! 충분하다 못해 넘칠 지경이오. 약속했던 것보다 훨씬 많이 주신다니. 그런데……."

잽싸게 전표를 챙겨 조심스레 품속에 갈무리한 번충이 말꼬리를 흐리며 침을 꿀꺽 삼켰다. 미리 책정한 금액보다 보수를 더 많이 쳐준다는 것은 둘 중에 하나였다. 자신이 만든 인피면구가 기대 이상으로 마음에 들었거나, 아니면 어차피 입막음으로 죽일 테니 얼마를 지불하든 아무 상관이 없거나.

"비밀만 철저히 지킨다면 아무 이상 없을 거다. 뭐, 제대로 아는 게 있어야 어디 나불대고 다니기라도 하겠지만, 크큭!"

남궁사혁은 피식 미소를 지으며 대꾸했다. 번충은 속으로 안도의 한숨을 내쉬며 다시 물었다.

"그건 그렇소만… 일도 끝났는데 이제 내보내 주셔야 하지 않겠소?"

"그건 그렇지. 어떻게 할래?"

사진량의 얼굴을 한 남궁사혁이 물었다. 평범한 얼굴을 한 사진량은 대답 대신 번충을 향해 손가락을 퉁겼다.

피핏!

낮은 파공성과 함께 날아든 지풍이 번충의 수혈을 짚었다. 신음 한 번 내지 못하고 번충은 그대로 깊은 잠에 빠져 그 자리에 풀썩 쓰러졌다. 사진량은 쓰러진 번충에게 다가가며 남궁사혁에게 고개를 돌렸다.

"나가면서 적당한 곳에 던져놓으면 되겠지."

"그냥 쓱싹, 해버리는 건 어떠냐?"

남궁사혁은 씨익 미소를 지으며 손을 들어 목을 긋는 시늉을 해보였다. 사진량은 가만히 쓰러진 번충을 내려다보며 말했다.

"글쎄. 그건 조금 지켜보고 난 후, 결정하겠다."

이내 사진량은 번충을 어깨에 둘러메고는 천천히 걸음을 옮기기 시작했다. 이미 며칠 전에 천뢰일가를 떠난 것으로 되어 있는 남궁사혁이라 사진량이 이대로 떠나도 별문제는 없었다.

남궁사혁은 걸어 나가는 사진량의 뒷모습을 쳐다보며 말

했다.

"잘 다녀와라. 여긴 내가 잘 지키고 있으마."

문득 걸음을 멈춘 사진량이 천천히 고개를 돌렸다. 자못 심각한 표정으로 사진량이 입을 열었다.

"네가 대역이라는 게 들키지 않게 주의해라."

"걱정 마라. 이래 봬도 내가 연기력 하나는 일품이걸랑. 십 년이 넘게 남궁가를 속여온 이 몸이 고작 한두 달 정도에 들킬 것 같냐?"

자신의 얼굴을 한 채 능글맞은 미소를 짓는 남궁사혁의 모습에 사진량은 저도 모르게 한숨을 푹 내쉬었다.

"지금 그 모습을 보고 안심할 수 있을 것 같냐? 내가 언제 그런 표정을 지었다는 거냐?"

"여기선 연기를 안 해도 되잖냐. 앞으로 한동안 완벽하게 네 녀석이 되어야 할 텐데, 이렇게 잠깐 숨 돌릴 틈도 없으면 아마 미쳐 버릴걸?"

여전히 히죽거리며 남궁사혁이 대꾸했다. 사진량은 다시 한 번 살짝 한숨을 내쉬며 천천히 돌아섰다.

"마음대로 해라."

"오냐. 무사히 잘 다녀와라."

남궁사혁은 가만히 걸음을 옮겨가는 사진량을 쳐다보았다. 이내 사진량이 시야에서 사라지자 남궁사혁은 무표정한 얼굴을 하며 중얼거렸다.

"그럼 어디 장노를 깜짝 놀라게 해볼까?"

장일소는 여느 때처럼 바쁜 하루를 보내고 있었다. 반 시진 정도는 두 제자의 무공 수련을 지켜보다가 막 자신의 집무실로 돌아온 장일소는 급하게 처리해야 할 서류를 살펴보고 있었다.

"조만간 가주께서 외유를 떠나실 테니 미리 준비를 해둬야겠지."

남궁사혁이 인피면구를 쓰고 사진량의 대역을 하겠지만, 그것만으로는 무리였다. 장일소가 잘 받쳐주지 않으면 대역임이 금방 들통나고 말 것이다. 군이 대역까지 쓰면서 사진량이 외유를 나선 것은 천뢰일가의 가주라는 자리는 움직임에 제약이 너무 심하기 때문이었다.

"왜 그리 심각하시오?"

한참 서류를 살피던 장일소의 등 뒤에서 낯익은 음성이 들려왔다. 고개를 돌리자 언제 온 것인지 사진량이 창가에 기댄 채 자신을 쳐다보고 있었다.

그런데.

"가주! 여긴 어인 일로……."

급히 일어나 고개를 숙이며 포권을 취하려던 장일소는 이상한 것을 발견하고는 멈칫했다. 사진량이 평소와는 전혀 다른 미소를 머금고 있는 것을 본 탓이었다.

"눈치채셨습니까, 장노?"

갑자기 사진량의 목소리가 달라졌다. 장일소의 눈이 휘둥그레졌다. 놀란 음성으로 장일소가 말했다.

"허어! 역시 남궁 소협이셨군요. 정말 정교한 인피면구로군요. 표정이 다르지 않았다면 못 알아봤을 겁니다."

"겉보기에는 전혀 구분이 안 가시죠?"

"그렇습니다. 목소리까지 제대로 흉내를 내시다니. 표정 관리만 잘 하시면 아무도 못 알아볼 겝니다."

장일소의 말에 사진량의 얼굴을 한 남궁사혁은 씨익 미소를 지으며 고개를 끄덕였다.

"역시 그렇군요. 좀 전엔 일부러 거니 다른 사람들 앞에서는 절대 들킬 일 없을 겁니다."

"그나저나… 남궁 소협께서 그 모습으로 오신 것을 보니 가주께서는 이미 떠나셨겠군요."

"뭐, 벌써 한참 지났습니다. 자식이 그냥 훌쩍 가버리더라고요."

"어쩔 수 없는 노릇이지요. 부디 가주께서 무사히 돌아오기만을 바랄 뿐입니다."

장일소는 나직이 한숨을 내쉬며 중얼거렸다. 가만히 그 모습을 지켜보던 남궁사혁은 미소를 지우고 사진량 특유의 무표정한 얼굴이 되었다. 자세히 요모조모 뜯어보아도 도무지 알아볼 수가 없었다. 안 그래도 체형과 분위기가 비슷한 사진량과 남궁사혁이었으니.

"그러면 어디 한번 나가보겠습니다. 이대로라면 아무도 못 알아보겠죠?"

장일소가 무어라 대답도 하기 전에 남궁사혁은 이미 밖으로 걸음을 옮기고 있었다. 도무지 구분할 수 없는 남궁사혁의 모습에 장일소는 뭔가에 홀리기라도 한 듯 멍하니 그 모습을 지켜보았다.

*　　　　*　　　　*

휘이잉!

어디선가 불어온 바람에 오한이 일었다. 번충은 부르르 몸을 떨며 눈을 떴다. 지나다니는 사람 하나 없는 황량한 대로가 눈에 들어왔다. 번충은 화들짝 놀라 벌떡 일어났다.

"으헉! 여, 여긴 어디야?"

번충은 다급히 주위를 두리번거리며 자신의 품속을 확인했다. 다행히 전표는 모두 제자리에 있었다. 번충은 안도의 한숨을 내쉬며 중얼거렸다.

"후우, 혹시나 했는데 다행이로구만. 그나저나 그냥 얌전히 보내주면 될 것이지 꼭 이렇게까지 해야 하는 건가? 에이, 아무렴 어때. 금자 이천 냥이나 받았는데, 뭘."

고개를 절레절레 흔들며 번충은 더 이상 그 일에 대해 생각하지 않으려 했다. 괜히 관심을 가졌다가는 위험해질 수도 있는 일이었으니.

언제나 호기심은 명줄을 재촉할 뿐이었다. 그것을 항상 잊지 않는 번충이라 그동안 무사히 살아남을 수 있었던 것이다. 이내 모든 생각을 떨쳐 버린 번충은 이리저리 둘러보다 마을이 있음직한 방향으로 걸음을 옮기기 시작했다. 어느새 해가 질 무렵이라 배도 고프고, 쌀쌀하기도 해서 빨리 들어가 쉴 곳을 찾아야 했다.

"에이, 이렇게 버려둘 거면 최소한 객잔에 방이라도 잡아주든가 할 것이지……."

구시렁대면서 번충은 걸음을 서둘렀다. 번충의 신형은 질풍처럼 내달려 순식간에 그 자리에서 사라졌다. 조금 떨어진 곳에 있는 커다란 나무 위에서 모습을 가만히 지켜보던 사진량은 나직이 중얼거리며 번충이 달려간 방향으로 몸을 던졌다.

"혹시 모를 일이니 당분간 지켜봐야겠군."

흠칫!

어쩐지 등줄기가 서늘했다. 번충은 저도 모르게 흘끔흘끔 주위를 살폈다. 남궁사혁과 처음 만났을 때와는 조금 다른 느낌이었다. 그때는 누군가의 미약한 시선을 느꼈다면 이번에는 그저 시린 한기만이 가득할 뿐이었다. 따듯한 실내에 있는데도 눈밭에서 뒹굴고 있는 것 같은 느낌이었다.

'도대체 뭐가 어떻게 된 거지……? 설마 누군가가 날 감시하고 있는 건가?'

하긴 무림에서 금자 이천 냥이라는 어마어마한 금액을 아무렇지도 않게 떡하니 내놓을 수 있는 곳이라면 그리 많지 않았다. 특히나 중원의 외곽, 북방에서라면 더욱 그러했다.

천뢰일가.

퍼뜩 머릿속에 떠오르는 무가였다. 그러고 보니 최근 천뢰일가에서 새 가주를 맞이했다는 소식을 들은 적이 있었다.

'자, 잠깐……! 그러고 보니 천뢰일가의 새 가주는 그 고독검협……! 어, 어쩐지 전에 본 적이 있는 것 같은 기분이 들더라니……!'

오래전 사진량이 고독검협이라는 별호로 무림을 위진시킬 때에 딱 한 번이지만 스치듯 본 적이 있었던 번충이었다. 얼핏 지나치면서 본 것이라 지금까지 기억하지 못하고 있었는데 그것이 한꺼번에 떠올랐다. 번충의 얼굴이 대번에 사색이 되었다. 자신을 찾아온 자가 비밀 엄수를 철저하게 강조했던 이유를 알 것 같았다.

그 큰 금액을 지불하고도 이렇게 쉬이 놓아준 이유도 알 수 있었다. 마음만 먹는다면 언제든지 번충의 목숨 따위는 쉽게 취할 수 있는 힘이 있는 자들이었으니. 사신의 칼날이 목덜미에 닿아 있는 느낌이었다.

꿀꺽!

번충은 식은땀을 줄줄 흘리며 침을 삼켰다. 뼛골까지 시린 한기가 온몸을 부들부들 떨게 만들었다.

"따듯한 소면 나왔습니다아!"

마침 점소이가 다가와 허연 김이 피어오르는 소면을 가져왔다. 식욕이 나지 않았지만 몸을 맴도는 한기를 몰아내려면 국물이라도 마셔야 할 것 같았다. 번충은 소면 그릇을 집어 들었다. 부르르 떨리는 손에 뜨거운 국물이 튀었지만 전혀 느껴지지 않았다.

후루룩! 후룩!

손등에 국물이 튀는 것에도 아랑곳하지 않고 번충은 억지로 국물을 들이켜기 시작했다. 상당히 뜨거운 국물이었는데도 번충은 단숨에 국물을 모두 마셔 버렸다. 하지만 그래도 한기는 전혀 가시지 않았다.

"여, 여기 국물 좀 더 주실 수 있소? 안 된다면 한 그릇 더 가져다주시구려."

번충은 떨리는 음성으로 점소이를 향해 말했다. 주위를 오가며 음식을 나르던 점소이가 흘깃 번충을 쳐다보더니 고개를 끄덕였다.

"어이구! 어디서 찬바람을 그렇게 많이 쐬셨나? 감기라도 걸리신 건가 봅니다. 국물이야 얼마든지 가져다드릴 수 있으니 잠시만 기다리십쇼."

전형적인 접대용 미소를 지으며 점소이는 주방으로 쪼르르 가서 이내 펄펄 끓는 소면 국물 한 그릇을 가져 왔다. 덜덜 떨리는 손으로 번충은 뜨거운 국물 그릇을 들고 다시 한 번 단숨에 들이켰다.

'저 정도라면 그냥 내버려 둬도 쓸데없는 얘기를 떠벌리고 다니진 않겠군그래.'

조금 떨어진 자리에서 화주와 안주로 나온 돼지고기 소채 볶음을 먹으며 은밀히 번충을 지켜보던 사진량은 입꼬리를 살짝 말아 올리며 중얼거렸다. 저렇게까지 극적으로 반응하는 것으로 보아 더는 걱정할 필요가 없을 것 같았다.

사진량은 남은 화주를 단숨에 들이켜고는 동전 몇 개를 탁자 위에 던져놓았다. 몸을 일으켜 객잔을 나가다가 흘끗 번충을 쳐다보았다.

번충은 여전히 몸을 부르르 떨면서 주위를 흘끔거리고 있었다. 자신의 기척이 완전히 사라져도 한참을 저러고 있을 것 같았다. 사진량은 입꼬리를 말아 올린 채 이내 시선을 거두고 객잔을 나섰다.

휘이이잉!

시원한 밤바람이 머리칼을 어지럽혔다. 그다지 특색이 없어 보이는 얼굴을 한 사진량은 천천히 걸음을 옮기다 주위를 오가는 사람들 사이로 완전히 모습을 감춰 버렸다.

第六章
잠입

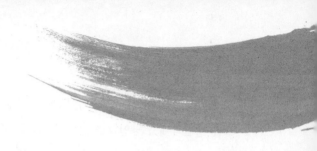

　점심시간 즈음이라 객잔 안은 손님들로 바글바글했다. 빈 탁자가 거의 없어서 혼자 온 손님은 먼저 온 손님과 합석을 하기도 했다.

　사진량도 그렇게 합석을 한 손님 중 하나였다. 지금의 사진량은 크게 눈에 띄지 않는 평범한 인상에 허름한 옷을 입은 터라 사람들 사이에 자연스럽게 녹아들고 있었다. 모두 인피 면구 덕분이었다.

　자리에 앉아 막 나온 소면을 먹고 있는 사진량의 귓가에 조금 떨어진 곳에 앉아 있는 두 중년 사내의 대화가 들려왔다.

"자네, 그 얘기 들었는감?"

"무슨 얘기 말여?"

"요즘 냉혈가에서 낭인들을 들이고 있다는구먼." ,

"나도 그 얘긴 전에 들었구먼. 뭐, 무가에서 낭인을 고용할 수도 있는 거지. 뭐가 그리 희한하다고 떠드는겨?"

"에이, 그것만이면 내가 얘길 하지도 않지."

"으응? 그럼 딴 게 더 있남? 뜸 들이지 말고 빨랑 얘기해 보슈. 어여!"

"그게 말이여……. 냉혈가에 고용된 낭인들이 벌써 삼백 명이 넘었다는 건 자네도 알지? 근데 그 삼백 명이 쥐도 새도 모르게 사라졌다는구먼. 냉혈가에 들어간 이후에 아무도 나온 적이 없다더라고. 안에서도 본 사람이 없고 말야."

"에이, 설마. 그냥 어딜 은밀히 보냈나 보지."

"아녀, 확실하다니까. 우리 처남이 냉혈가에서 일하잖어. 처남이 지난번에 우리 집에 와서 한 얘기니까 확실한 거여."

"자네 처남이라면… 그 내당에서 일한다던?"

"그려. 우리 처남이 그랬다니깐?"

"에이! 그 친구가 잘못 본 거겠지. 삼백이나 되는 낭인이 그렇게 사라질 리가 있나."

"분명히 봤다고 하더라니까? 냉혈가 내전이 그 뭐라더라… 빙룡전인가 뭔가 하는 전각이 있는데 낭인들이 그 안으로 들어간 후에 아무도 나오질 못했다고 했었다니까. 진짜여, 우리 처남이 나한테 그런 거짓말을 할 사람이 아녀."

"그냥 그 빙룡전인가 하는 데서 지내나 보지."

"그게 아니라니까. 에헤이, 이 사람 참 답답하구먼. 거기 삼백 명이나 머물 방이 없다더라고."

"어이구, 그럼 다들 어디로 사라졌다는겨?"

"거야 나도 모르지. 그래도 뭔가 수상쩍은 일이 있는 건 확실혀."

"뭐, 그렇다 치고 한잔 마시자고. 여기 화주 한 병만 가져다 주슈."

한참을 속삭이듯 대화를 나누던 두 중년 사내 중 하나가 점소이에게 소리쳤다. 두 사람의 대화를 가만히 듣고 있던 사진량은 남은 소면을 물 마시듯 훌훌 들이켜고는 벌떡 일어났다.

'냉혈가의 빙룡전이라… 무슨 일을 꾸미고 있는 건지 한번 찾아가 봐야겠군.'

냉혈가의 총관 천일석은 굳은 얼굴로 근처 낭인 시장으로 향했다. 가주인 적무광의 명령으로 고용한 낭인의 숫자만도 벌써 삼백오십이 넘었다. 하지만 그들이 어디에서 무슨 일을 하고 있는지는 냉혈가의 대소사를 관장하고 있는 총관인 자신도 모르는 일이었다.

그저 적무광의 명령대로 낭인을 고용하여 대금을 지불해 냉혈가로 데려오는 것까지가 천일석의 임무였다. 그 이후는 가주인 적무광이 직접 나서는 일이라 자세히 알 수 없었다. 이를 두고 주위에서 어떤 풍문이 돌고 있는지 알고 있는 천일석이었지만 어쩔 수 없는 일이었다.

적무광에게 자초지종에 대해 물어본 적이 있었지만 그저 호된 불호령을 듣고 난 후에는 더 이상 알려고 하지 않았다. 어쩐지 위험한 느낌이 들었지만 제 목숨이 걸린 일이 아니라 애써 무시하고 있는 천일석이었다.

어느새 낭인 시장의 초입에 도착한 천일석은 천천히 주위를 둘러보았다. 험악한 범죄형 인상의 무인들이 저마다의 병장기를 들고 두런두런 이야기를 나누거나 주위를 살피고 있었다. 벌써 열 번이 넘게 온 낭인 시장이었지만 도무지 낭인들의 험악한 인상에는 익숙해지지 않았다.

천일석은 살짝 고개를 숙인 채 종종걸음으로 낭인들 사이를 지나 낭인 시장 끄트머리에 있는 허름한 건물로 향했다. 반쯤 썩어가는 나무와 짚을 대충 얼기설기 엮어 바람만 막을 수 있게 만들어진 허름한 건물에는 낭인 시장을 관리하는 흑사방도가 있었다.

"어서 옵… 호오? 또 오셨구랴?"

문을 열고 들어서는 기척에 반색을 하던 흑사방도는 천일석을 알아보고는 살짝 인상을 찌푸렸다. 천일석이 고용한 낭인 삼백오십여 명이 모두 행방불명이 된 탓이었다. 아무리 돈 때문에 목숨을 담보로 삼는 낭인 시장이라지만 불확실한 위험에 나설 자는 많지 않았다.

하물며 나쁜 소문까지 나고 있는 상황이라면 더욱 그러했다. 워낙에 많은 숫자가 냉혈가에 고용된 후 연락이 두절된 탓에 낭인 시장의 인력 수급에도 문제가 생기고 있었다. 때문에 천일석을 본 흑사방도의 얼굴이 구겨진 것은 당연한 일이었다.

"이번에는 스무 명 정도 필요한데, 되겠소?"

벌써 몇 번이나 만나본 상대라 천일석은 인사는 생략하고 곧바로 본론에 들어갔다. 천일석의 말에 흑사방도는 곤란해하는 얼굴로 말했다.

"글쎄올시다. 소문이 안 좋아서 나서려 할지 의문이로구려. 당신네들 때문에 우리 낭인 시장의 신뢰도가 떨어져서 인력 수급에 차질이 생겼다오. 그러니……."

"그래서 어떻게 하면 좋겠소?"

천일석의 질문에 흑사방도는 기다렸다는 듯 씨익 미소를 지으며 손가락 두 개를 펼쳐 보였다.

"두 배! 두당 두 배의 계약금을 받아야겠소. 못하겠다면 이번에는 그냥 돌아가시구려."

살짝 으름장을 놓는 흑사방도의 모습에 천일석은 나직이 한숨을 내쉬었다. 잠시 생각하던 천일석은 어쩔 수 없다는 듯 고개를 끄덕였다.

"좋소. 대신 이번에도 가장 실력이 좋은 자들을 선별해 주셔야 하오."

"뭐, 최대한 노력은 해보겠소만, 강제로 가라고 할 수는 없는 노릇이니 이해해 주시구려. 여기서 잠시만 기다리시오. 내 낭인들을 모아올 테니."

제 목적을 달성한 흑사방도는 벌떡 일어나 밖으로 나갔다. 일다경 정도 지난 후 다시 안으로 들어온 흑사방도는 가만히 기다리고 있는 천일석에게 말했다.

"간신히 열일곱 모았소. 나머지는 두 배를 준다고 해도 가려고 하지 않더구려. 최대한으로 모은 거니 불평하지 마시오."

"열일곱이라… 마음이 바뀌기 전에 빨리 계약부터 합시다."

천일석이 서두르자 흑사방도는 느긋한 얼굴로 자리에 돌아와 앉았다. 지필묵을 꺼내 계약서를 쓰고 서로 지장을 찍은 후에야 천일석은 나직이 안도의 한숨을 내쉬었다. 동일한 내용으로 작성된 계약서 두 장을 하나씩 나눠 가지고는 천일석은 몸을 일으켰다.

"다들 시장 입구에서 기다리고 있을 테니 숫자만 확인하고 데려가시면 될 거요."

"그러리다."

품속에서 전표를 꺼내 내려놓은 천일석은 그대로 돌아서서 밖으로 걸음을 옮기기 시작했다. 등 뒤에서 흑사방도의 나직한 음성이 들려왔다.

"혹시 다음에 또 사람이 필요하다면 이번에는 단단히 각오하시는 게 좋을 거요. 적어도 지금까지의 세 배 이상은 받아야 할 테니 말이오, 후후후."

천일석은 다른 낭인들과 얼굴을 마주하지 않도록 고개를 숙인 채 최대한 빠른 걸음으로 낭인 시장을 빠져나왔다. 흑사방도의 말대로 낭인 시장의 입구 근처에는 한 무리의 낭인이 모여 있었다.

각양각색의 복장에 처음 보는 희한한 형태의 병장기를 지닌 이도 있었다. 보통 사람에 비하면 험상궂기는 했지만, 이번에는 그나마 평범해 뵈는 인상을 지닌 낭인들이 많았다.

"다들 얘기는 들었겠지만 보수는 매달 금자 닷 냥씩 지급될 거요. 한 달을 채우지 못해도 최소 금자 석 냥은 줄 것이니 그리 아시구려. 그리고 여기 계약금 조로 금자 한 냥을 받아 가시오."

천일석은 허리춤에 매인 전낭에서 금자를 꺼내 각자에게 한 냥씩 건넸다. 시작도 하지 않았는데 꽤 짭짤한 수입을 얻은 낭인들은 저마다 희희낙락거렸다.

그들 중에서 별다른 반응을 보이지 않고 침착한 표정을 한 평범한 인상의 사내가 천일석의 눈에 들어왔다. 낭인처럼 보이지 않고 오히려 농사꾼이라고 하면 어울릴 얼굴이었다.

그렇다고 굳이 사정을 물어볼 생각은 없었다. 낭인 시장에 굴러 들어오는 자라고 해봐야 어차피 밑바닥 인생임은 뻔한 일이었으니. 천일석은 평범한 인상의 낭인에게서 시선을 떼며 말했다.

"그럼 출발할 테니 내 뒤를 따라오시구려. 내 도중에 마차를 탈 것인데 경공으로 뒤처지지 않고 따라올 수 있겠소?"

아무도 못 한다고 나서는 이는 없었다. 그래도 흑사방도가 나름 실력자를 고른 것이니 당연한 일이었다.

천일석은 이내 따라오라며 걸음을 옮기기 시작했다. 조용히 천일석의 뒤를 따르는 낭인 무리 사이에서 평범한 인상의 사내, 인피면구를 쓴 사진량이 의미심장한 눈빛을 발하고 있었다.

'냉혈가주, 당신이 무슨 일을 벌이려는 건지 내 눈으로 똑똑히 봐주겠다.'

적무광의 비열하기 짝이 없는 얼굴을 떠올리며 사진량은

입꼬리를 살짝 말아 올렸다.

＊　　　　　＊　　　　　＊

"흐아암! 이 자식은 나간 지가 언젠데 아직도 아무 소식이 없나?"

남궁사혁은 지루해하는 얼굴로 길게 하품을 하더니 나직이 투덜거렸다. 인피면구를 쓴 사진량이 천뢰일가를 떠난 지 벌써 열흘이 넘었다.

원래 보름에 한 번씩 연락을 하기로 했으니 아직 시일이 남았는데도 남궁사혁은 구시렁거렸다.

누가 보면 사진량의 대역이라는 것을 금방 들킬 수도 있는 일이었지만 남궁사혁의 제 성격을 드러내는 것은 혼자 있거나 장일소와 함께 있을 때뿐이었다. 그 외에 다른 사람이 하나라도 있을 때면 남궁사혁은 완벽하게 사진량의 연기를 해냈다. 눈썰미가 좋고 눈치가 빠른 양지하조차도 대역임을 전혀 알아채지 못할 정도였다.

그렇게 남궁사혁은 사진량의 대역으로 천뢰일가의 가주직을 완벽하게 수행하고 있었다. 가주의 일이라고 해봐야 양지하와 장일소가 먼저 검토한 일을 확인하고, 실행 명령을 내리는 것 정도밖에 없었다.

딱히 주위 상황이 변한 것도 없어 지루해하는 것은 당연했다. 어쩐지 사진량이 인피면구를 쓰고 외유를 나선 이유를 이해할 수 있을 것 같았다.

남궁사혁은 깍지를 끼고 뒷머리를 받쳐 푹신한 의자에 몸을 반쯤 뉘였다. 누군가 다가오는 인기척이 느껴지자 상체를 일으킨 남궁사혁은 헛기침을 하며 표정과 목소리를 다듬었다.

"가주, 안에 계십니까?"

문밖에서 들려온 것은 장일소의 목소리였다. 남궁사혁은 피식 미소를 지으며 중얼거렸다.

"뭐야, 괜히 긴장했네. 들어오세요, 장노."

"가주를 뵙습니다."

이내 문이 열리고 장일소가 안으로 들어왔다. 고개를 숙여 포권을 취하는 장일소의 모습에 남궁사혁이 손을 절레절레 내저으며 너스레를 떨었다.

"에이, 다 아는 사이에 어색하게 왜 그러십니까? 우리끼리 있을 땐 그냥 편하게 하십쇼, 장노. 근처에 아무도 없습니다."

"허허, 혹시 모를 일이니 그럴 수야 있나요. 그나저나 예상했던 것보다 오래 버틸 수 있을 것 같군요. 아가씨께서도 지금껏 전혀 눈치채지 못한 것을 보면 말입니다."

"그거야 다 제 혼신을 다한 연기 덕분이지요. 이런 내 노력을 장노가 아니면 누가 알아주겠습니까? 그 매정한 자식은 남의 고생은 아랑곳하지 않고 제 맘대로 돌아다니고 있겠지요? 아오, 생각해 보니 괜히 억울하네. 그 자식 돌아오면 한 대 콱 쥐어박아 줘야겠습니다."

남궁사혁은 씨익 미소를 지으며 콱 그러쥔 주먹을 들어 올려 보였다. 장일소는 은은한 미소와 함께 입을 열었다.

"가주께서 가만히 맞아주실지 궁금하군요, 허헛!"

"어어? 장노까지 이러시깁니까? 아무리 녀석이 강해도 한 대 정도는 때릴 수 있을 겁니다. 저도 그동안 놀고만 있던 것도 아니고……."

남궁사혁은 억울하다는 듯 울상으로 항변했다. 장일소는 여전히 미소를 머금은 채 대꾸했다.

"허헛! 농담입니다. 기분 상하셨다면 죄송합니다, 남궁 소협, 아니, 가주."

"우리끼린 그냥 편하게 하시라니까요. 지금은 근처에 아무도 없… 는 게 아니라 누가 오는 것 같네요. 또 연기 들어갑니다, 크흐흐."

남궁사혁은 멀리서 다가오는 기척을 느끼고는 손을 들어 입가를 매만지며 표정을 가다듬었다. 어느새 남궁사혁의 눈빛이 바뀌고 표정이 사라졌다. 완벽한 사진량의 모습이었다. 이미 여러 번 보았음에도 사람이 완전히 달라진 것 같은 남궁사혁의 변화에 장일소는 짐짓 감탄했다.

"아무래도 아가씨께서 오시는 것 같군요. 전 차를 준비하지요."

천천히 일어난 장일소는 익숙한 손놀림으로 차를 준비하기 시작했다. 물이 허연 김을 뿜어내며 부글부글 끓기 시작하자 다가오는 걸음 소리가 들려왔다.

저벅, 저벅!

잘 마른 찻잎을 주전자에 털어 넣고는 뜨거운 물을 붓자, 누군가 문을 두드리는 소리가 들려왔다.

똑똑!

"들어와라."

완벽하게 사진량의 목소리와 말투를 흉내 낸 남궁사혁이었다. 이내 문이 열리고 양지하가 안으로 들어오다 주전자를 들고 있는 장일소를 보고 살짝 놀란 얼굴로 말했다.

"장노께서도 여기 계셨네요? 어쩐지 자리에 안 계시더라니."

"잠시 가주께 할 얘기가 있어서 말입니다. 그나저나 아가씨께서는 어쩐 일이십니까?"

장일소는 적당히 우러난 차를 따르며 물었다. 양지하는 안으로 들어와 남궁사혁의 맞은편에 앉으며 대답했다.

"비밀 서고에 계속 처박혀 있었더니 답답하기도 하고, 머리도 복잡해서 잠시 쉬려고 나왔어요. 고어(古語)로 쓰인 기록이 많아서 다 살펴보는데 시간이 좀 걸릴 것 같더군요."

"다른 일은 여전히 별다른 변화가 없는 건가?"

남궁사혁의 질문에 양지하는 고개를 끄덕였다. 밀단의 각 조에서 정기적으로 연락이 오긴 하지만 상황의 변화는 크게 없었다.

폐촌이 된 마을도 마흔여덟 곳이 넘은 이후로 새로 발견되는 곳은 없었다. 지도에도 거의 완벽한 원형이 그려졌다. 어쩌면 흉수들이 제 목적을 이루고 사라져 버렸을지도 모르는 상황이었다.

"한숨 돌리려 오셨으니 그런 심각한 얘기는 그만두고 차나 드시지요, 가주. 여기 아가씨 것도 있습니다."

장일소는 막 우려낸 차를 남궁사혁과 양지하에게 내밀었다. 양지하가 먼저 손을 뻗어 차를 한 모금 들이켰다. 떫은맛이 나지 않게 잘 우려낸 차의 향이 머릿속을 맑게 만들어주었다. 양지하는 빙긋 미소를 지으며 장일소를 바라왔다.

"역시 장노께서 우려내는 차 맛은 아무도 못 따라간다니까요. 안 그래도 머리가 좀 아팠는데 시원해지는 느낌이에요."

"허헛! 언제든 말씀만 하시면 미리 준비해 놓겠습니다, 아가씨."

양지하의 칭찬에 장일소는 너털웃음을 터뜨리며 말했다.

가만히 지켜보던 남궁사혁이 조용히 끼어들었다.

"요즘 몸 상태는 좀 어떤가?"

"약을 꾸준히 먹은 게 이제야 효과가 나는지 발작 횟수가 많이 줄었어요. 통증도 많이 줄었고요."

사실은 그동안 사진량이 추궁과혈을 해준 덕분에 증상이 완화된 것이었다. 사진량이 천뢰일가를 나간 이후에는 남궁사혁이 그 역할을 대신 하게 되었다.

사진량이, 아니, 지금은 남궁사혁이 틈이 날 때마다 추궁과혈을 하는 것을 이미 알고 있지만 양지하는 모르는 척하고 있었다. 대신 따뜻한 눈길로 남궁사혁을 가만히 쳐다보았다.

양지하와 눈이 마주치자 남궁사혁은 표정의 변화 없이 자연스레 흘려 넘겼다. 하지만 속으로는 양지하를 속이고 있다는 것에 대한 가책을 느꼈다. 생각 같아서는 당장에라도 자신이 사진량의 대역이라고 밝히고 싶었지만 억지로 꾹 눌러 참았다.

양지하가 먼저 눈치채면 모를까, 될 수 있으면 끝까지 대역임을 숨겨달라고 부탁한 사진량 때문이었다. 평소 부탁이라고는 전혀 하지 않던 사진량이라 그 무게감은 묵직하기만 했다. 때문에 남궁사혁은 그저 온 힘을 다해 사진량을 연기하고 있었다.

"많이 좋아졌다니 다행이로군."

무심하게 툭 던지는 말이 사진량의 말투와 완전히 똑같았다. 남궁사혁이 실수를 하지 않는 한 양지하가 눈치채지는 못할 것 같았다.

"걱정해 줘서 고마워요, 오라… 아니, 가주님."

왠지 모를 친근함에 양지하는 '오라버니'라고 부르려다 다급히 말을 바꿨다. 자신의 실수에 부끄러워 얼굴을 붉히며 양지하는 고개를 숙였다. 그 바람에 남궁사혁의 입가에 미소가 지어지는 것을 보지 못했다. 그것을 봤다면 아마 금방 대역임을 눈치챘을 것이다.

남궁사혁의 표정을 본 장일소가 다급히 눈빛으로 신호를 줬다. 그제야 자신의 입꼬리가 헤벌쭉 말려 올라간 것을 깨달은 남궁사혁은 급히 손을 들어 입을 가렸다.

어색한 침묵의 시간이 찾아왔다. 양지하는 양 볼을 붉힌 채 고개를 들지 못했다. 남궁사혁은 말려 올라간 입꼬리를 내리지 못해 계속 손바닥으로 입을 슬쩍 가리고 있었다.

분위기가 워낙에 어색해 장일소도 무어라 말을 할 수 없었다. 그저 묵묵히 찻잔을 비워낼 뿐이었다. 장일소가 차 한 잔을 다 비우고 다시 차를 따를 때쯤, 양지하가 갑자기 벌떡 일어났다.

"그, 그럼 전 이만 가볼게요. 아직 할 일이 많이 남아서 말이죠."

남궁사혁과 장일소가 무어라 대꾸하기도 전에 양지하는 그대로 돌아서서 종종걸음으로 사라져 버렸다. 인기척이 완전히 멀어진 후에야 남궁사혁은 안도의 한숨을 푹 내쉬었다.

"후우, 이거야 원, 잠깐 방심했다가 큰일 날 뻔했네요. 벌써부터 들킬 수는 없으니 앞으로 주의해야겠습니다."

"그러니 말입니다."

쓸쓸한 미소를 지으며 장일소는 남궁사혁을 가만히 쳐다보았다. 어째 자신을 힐난하는 것 같은 장일소의 눈빛에 남궁사혁은 모른 척 시선을 돌렸다.

*   *   *

따각! 따각!

천일석이 타고 있는 소형 마차가 먼지구름을 일으키며 내달리고 있었다. 그 뒤를 낭인 무리가 뒤쫓고 있었다. 천일석은 낭인 시장에서 고용한 이들의 무공 실험을 겸해 마차를 전속력으로 몰고 있었다.

히히힝! 푸르륵!

벌써 두 시진 가까이 쉬지 않고 내달린 탓에 말이 지친 투레질 소리를 토해냈다. 호흡이 거칠어지고, 입가에 거품이 맺히기 시작한 걸 보니 많이 지친 것 같았다. 천일석은 마차의 속도를 늦추며 흘끔 뒤를 돌아보았다.

이십여 장 떨어진 곳에서 낭인 무리가 사력을 다해 마차의 뒤를 쫓아오는 것이 보였다. 적어도 서넛 정도는 한참 뒤처질 줄 알았는데 다들 적당한 거리를 유지하고 있었다. 저마다 땀으로 흠뻑 젖어 있었지만, 그래도 지금까지 고용했던 낭인들에 비해 평균적인 무공이 뛰어난 것 같았다.

"숫자는 원하시던 것보다 적지만 가주께서 기뻐하실지도 모르겠군."

서서히 마차를 멈춰 세우며 천일석이 조용히 중얼거렸다. 마침 해도 지고 주위가 어둑어둑해지고 있던 참이라, 근처에서 노숙을 해야 할 것 같았다. 냉혈가까지는 앞으로 반나절 정도 더 달려야 하니 낭인들이 체력을 어느 정도 회복시켜 둬야 했다.

"크허억! 커허헉!"

"으헤엑! 아이고오, 숨넘어가겠네."

"흐미! 내 평생 이렇게 모, 목숨 걸고 달린 적은 처음이여!"

잠시 후 마차에 도착한 낭인들은 금방이라도 숨이 넘어갈 것 같은 얼굴로 그 자리에 풀썩 주저앉았다. 다들 마치 폭우가 쏟아지는 곳을 내달린 것처럼 온몸이 땀으로 흠뻑 젖어 있었다.

 사진량도 주저앉아 있는 낭인들 사이에서 녹초가 된 흉내를 내고 있었다. 지치기는커녕 땀 한 방울 흘리지 않았지만 사진량은 내공으로 억지로 땀을 쥐어짜내고, 거칠어진 호흡을 가장해 가슴을 크게 들썩였다. 그 모습을 지켜보던 천일석이 마차에서 내리며 말했다.

 "오늘은 이곳에서 노숙을 할 것이오. 다들 준비를 하시구려. 내일 또 반나절 정도 달려야 하니 최대한 푹 쉬어두는 게 좋을 거요."

 "으엑! 또 이 미친 짓을 반나절이나 해야 한단 말이오?"

 "어, 어쩐지 보수가 무지 짭짤하다 싶더라니……."

 몇몇 낭인이 질렸다는 듯 구시렁댔다. 천일석은 불평을 토해낸 낭인들을 흘끗 쳐다보며 살짝 인상을 찌푸렸다.

 "내 그러니 애초에 내키지 않으면 따라나서지 말라고 하지 않았소. 지금 돌아간다면 계약금을 돌려줘야 할 게요."

 천일석의 낮은 으름장에 낭인들의 불평이 싹 가라앉았다. 계약금으로 금자 한 냥을 받을 수 있는 일을 그리 쉽게 받을 수 있는 것도 아니고, 안 그래도 요즘 비수기라 일거리도 그리 많지 않았던 탓이다. 보수가 좋은 만큼 위험한 일일지도 몰랐지만 어차피 목숨을 팔아 돈을 벌어들이는 낭인이 그런 것을 두려워할 리가 없었다.

"너무 지쳐서 그냥 해본 말이오. 뭘 그리 뾰족하게 반응하고 그러슈."

"여기까지 와서 돌아갈 놈이 몇이나 있다고……. 그냥 밥이나 먹읍시다."

언제 그랬냐는 듯 낭인들은 불평을 거두고 주섬주섬 몸을 일으켜 모닥불을 피우고 식사와 노숙을 준비하기 시작했다. 사진량은 왼쪽 눈가를 가로지르는 긴 검흔이 있는 낭인과 함께 장작을 줍기 위해 일행에게서 조금 멀어졌다. 묵묵히 장작을 줍고 있는 사진량에게 검흔 낭인이 말을 걸었다.

"딱 보아하니 내가 나이가 더 많은 것 같은데 말 편하게 하지."

"마음대로 하십시오."

"얼굴을 보아하니 이런 일을 할 사람이 아닌 것 같은데 어쩌다 낭인 시장까지 흘러들었나?"

"목숨 팔아 먹고사는 놈들 사정이야 다 엇비슷하지 않겠습니까? 주워 배운 무공으로 먹고살 길은 낭인 시장밖에 없더군요."

사진량은 무심한 얼굴로 자신의 과거를 꾸며냈다. 어차피 낭인 시장에 흘러든 인간이 평범한 인생을 살았을 리 없으니, 구체적으로 얘기할 필요는 없었다. 역시나 예상대로 검흔 낭인은 힘내라는 듯 사진량의 어깨를 툭툭 두드리며 격려했다.

"뭐, 이번에 한몫 크게 잡으면 이 바닥을 뜰 수 있을 거야. 서로 힘내자고."

"그래야겠지요."

사진량은 대충 대답하며 고개를 끄덕였다. 두 사람은 이내 장작을 한 아름 모아 일행이 있는 곳으로 돌아갔다. 천일석의 마차에 실려 있던 약간의 장작으로 모닥불 세 개를 피운 낭인들은 삼삼오오 짝을 지어 불 주위로 둥글게 모여 있었다. 사진량과 검흔 낭인이 장작을 가득 구해오자, 다들 반색을 하며 두 사람을 맞았다.

부글부글!

모닥불 위에는 건량 가루와 육포를 찢어 넣은 죽이 끓고 있었다. 두 사람이 장작을 구하는 데 시간이 좀 걸린 것인지 육포 죽은 구수한 냄새를 풍기며 끓어오르고 있었다.

"여어, 자네들도 빨리 와서 자리 잡으라고. 곧 먹을 수 있을 테니까."

장작을 내려놓는 두 사람에게 누군가 손짓했다. 사진량은 장작을 대충 쌓아두고는 빈자리를 찾아 모닥불가에 앉았다. 낭인 중 하나가 나무 그릇에 죽을 퍼 담아 하나씩 건넸다. 그릇을 받아 든 낭인들은 후후, 입김을 불어가며 뜨거운 죽을 먹기 시작했다.

다들 지치고 허기진 탓에 죽 한 그릇 정도는 게 눈 감추듯 먹어치웠다. 죽을 꽤나 많이 끓여두어 벌써 두 그릇이나 세 그릇째를 비우는 낭인도 있었다.

"자네도 어여 들게."

사진량에게 죽이 가득 담긴 그릇을 건네며 국자를 든 낭인이 말했다. 그릇을 받아든 사진량은 다른 낭인들처럼 죽을 마시려고 입김을 후후, 불었다.

순간 건량과 육포 냄새 사이로 희미한 이질감이 느껴졌다. 사진량은 저도 모르게 살짝 인상을 찌푸렸다. 사진량은 국자 낭인에게 조심스레 물었다.

"죽에 건량 가루와 육포 말고 딴 것도 넣었습니까?"

"으응? 아까 저 양반이 감칠맛이 나는 향신료라고 하면서 뭔가 좀 넣긴 했는데?"

국자를 든 낭인은 마차 옆에 앉아 죽이 아닌 육포를 먹고 있는 천일석을 가리켰다. 사진량은 그릇을 내려놓으며 역하다는 표정을 억지로 지어 보였다.

"우읍! 아무래도 너무 무리를 한 모양입니다. 속이 메스꺼워서 못 먹겠네요. 그냥 좀 쉬는 게 좋을 것 같습니다."

"억지로라도 먹어두는 게 좋을걸?"

"육포가 조금 있으니 도저히 못 버틸 것 같으면 그걸로 때워봐야지요. 신경 써서 퍼주셨는데 죄송합니다."

"뭐, 어쩔 수 없지. 그래도 혹시 모르니까 조금 남겨둘까?"

국자를 든 낭인이 물었다. 대답을 하려는 찰나, 옆에 있던 낭인이 사진량이 내려놓은 죽 그릇을 홀랑 집어 들었다.

"안 먹을 거면 내가 먹겠네."

누가 뭐라고 할 틈도 없이 대번에 벌컥 들이켜는 모습에 사진량과 국자를 든 낭인은 순간 할 말을 잃었다. 이내 사진량이 피식 미소를 지으며 말했다.

"신경 써주셔서 감사합니다. 그럼 전 이만 좀 쉬겠습니다."

조심스레 물러난 사진량은 모닥불 가까이에 있는 나무 등치에 담요를 깔고 누웠다. 눈을 감고 자는 체하며 사진량은 혼자서 육포를 뜯고 있는 천일석의 움직임에 신경을 기울였다.

모두 식사를 마치고 잠자리에 든 후에도 천일석은 수상쩍은 행동을 보이지 않았다. 다른 낭인들 사이에 담요를 깔고 깊이 잠들어 버렸다. 천일석이 잠든 것을 확인한 사진량은 오감을 닫고 조용히 운기조식을 시작했다.

다음 날 아침.

해가 뜰 무렵에 일어난 천일석은 깊이 잠든 낭인들을 깨워 길을 재촉했다. 역시나 전속력으로 내달리는 마차를 쫓는 낭인들은 어제보다 훨씬 빨리 지쳤다. 하룻밤 푹 쉬었다고 해서 쉽게 회복될 피로가 아니었다.

"후어! 후어억!"

"커헉! 허헉!"

마차의 뒤를 쫓아 달리는 낭인들은 금방 지쳐 거칠어진 숨을 뱉어냈다. 출발한 지 한 시진이 지나자 땀이 비 오듯 쏟아지고 입가에 단내가 날 지경이었다. 하지만 앞장선 마차는 멈출 생각도 없어 보였다. 아니, 오히려 속도를 더 높이고 있었다.

'그냥 확 때려치울까?'

한참을 내달리던 낭인들의 머릿속에 그런 생각이 들 무렵이었다. 마차가 속도를 서서히 늦추기 시작했다. 그에 맞춰 낭인들도 달리는 속도를 줄였다. 그 덕에 조금은 숨을 돌릴 수 있었지만 그 자리에서 멈춰서면 아예 주저앉아 움직일 수 없을 것 같아 낭인들은 계속해서 뛰었다.

한 달에 금자 닷 냥을 벌 수 있는 일거리는 그리 많지 않았다. 금방이라도 주저앉고 싶었지만, 금자 닷 냥이라는 보수를 생각하며 낭인들은 이를 악물고 억지로 버티고 있었다.

"크어억!"

"지, 진짜로 커헉! 뒈, 뒈지겠구만."

시간이 좀 더 지나자 낭인들은 쓰러져서는 안 된다는 본능으로 달음박질하고 있었다. 내공은 이미 바닥난 지 오래라 그저 악으로 버티고 있었다.

천일석의 마차는 마치 낭인들을 놀리듯 속도를 늦췄다가 다시 훌쩍 멀어지곤 했다. 그렇게 악으로 버티던 중 대부분의 낭인이 입에 거품을 물고 눈앞이 노래질 무렵, 드디어 냉혈가의 초입에 도착할 수 있었다.

커다란 문이 열리고 안으로 들어간 마차가 멈춰 선 후, 한참이 지나서야 겨우 마지막 낭인이 냉혈가 안으로 들어설 수 있었다.

도착했다는 안도감에 낭인들은 그대로 바닥에 널브러졌다. 더 이상은 산해진미를 눈앞에 갖다 들이밀어도 꼼짝도 하고 싶지 않았다. 맨바닥에 벌렁 드러누운 채 거친 숨을 몰아쉬고 있는 낭인들을 향해 천일석이 말했다.

"다들 여기서 반 시진 정도 휴식을 취하시오. 그 후에 본가의 가주를 뵐 수 있을 것이오."

그 말을 남기고 천일석은 어디론가 사라져 버렸다. 지칠 대로 지친 낭인들은 천일석이 뭐라고 하든 아무것도 들리지 않았다. 그저 바닥에 드러누워 가슴을 크게 들썩이며 호흡을 고르고 있을 뿐이었다.

냉혈가주 적무광은 푹신한 태사의에 몸을 깊이 묻은 채 가만히 눈을 감고 있었다. 잠이 든 것은 아니었지만 의식이 멍한 상태였다. 암명환을 복용한 이후, 가끔씩 이럴 때가 있었다. 잠도 충분히 잤고, 피곤할 이유가 없는데도 길면 하루에 한 시진 정도 이렇게 멍해질 때가 있었다.

분명 이상한 일이었다. 하지만 적무광은 그것을 전혀 이상하다고 생각하지 않았다. 아니, 지금의 상태에 대해 아무런 생각이 없었다. 그저 당연한 일상처럼 받아들이고 있었다.

적무광을 가까이에서 모시는 냉혈가의 가인들은 그의 변화를 느꼈지만 입 밖으로 꺼내지 않았다. 성격마저 폭급하게 변한 적무광의 신경을 거슬렀다간 유혈 사태가 벌어질지도 모르는 일었으니. 때문에 누구도 적무광의 변화를 이야기하지 않았다. 그저 자신들끼리 속닥일 뿐이었다.

"가주, 천 총관이 도착하셨습니다. 밖에서 기다리고 계시니 모실까요?"

문밖에서 들려온 가복(家僕)의 음성에 적무광은 천천히 눈을 떴다. 초점이 없는 흐리멍덩한 눈빛이었다. 굳게 닫혀 있는 문 쪽으로 고개를 돌린 적무광이 입을 열었다.

"안으로 들라 전해라."

"예. 잠시만 기다려 주십시오."

물러나는 가복의 기척이 느껴졌다. 이내 적무광은 다시 눈을 감았다. 몽롱한 의식이 아직 온전히 돌아오지 않았다. 나직이 한숨을 내쉬며 내공을 끌어 올리자 차츰 의식이 선명해지기 시작했다.

똑똑!

누군가 문을 두드렸다. 적무광은 감은 눈을 천천히 떴다. 조금 전과는 달리 불길한 느낌을 주는 흉흉한 안광이 번뜩였다.

"총관인가?"

"예, 그렇습니다. 명하신 일을 완수하였습니다."

"들어와라."

적무광의 허락에 밖에 있던 천일석이 조심스레 문을 열고 안으로 들어왔다. 고개를 숙이며 포권을 취하는 천일석을 바라보며 적무광이 말을 이었다.

"그래. 이번에는 몇 명을 고용했나?"

"본래 스물을 데려오라고 하셨습니다만… 열일곱이 한계였습니다. 다행히 아무도 낙오하지 않고 모두 본가에 무사히 도착했습니다."

"호오? 이번에는 꽤나 쓸 만한 놈들로만 골랐나 보군. 낙오한 자가 아무도 없다니."

"대신 이전보다 비용이 두 배로 들었습니다. 낭인들 사이에서 본가에 대한 안 좋은 소문이 돌았던 것 같더군요."

"안 좋은 소문?"

"그동안 본가에서 고용한 낭인들이 외부에 모습을 드러내지 않아 그런 듯합니다. 소문을 잠재우지 않으면 다음에는 세 배 이상의 비용이 필요하게 될지도 모릅니다. 혹 앞으로도 계속 낭인을 고용하실 생각이십니까, 가주……?"

천일석은 눈치를 살피며 조심스레 물었다. 적무광의 미간이 구겨지는 것을 본 천일석은 불호령이 떨어지는 건 아닌가 노심초사했다. 하지만 다행히도 적무광은 버럭 성질을 내지는 않았다.

"흐음, 조금 아쉽기는 하지만 더 이상 낭인 시장을 쓸 수는 없겠군. 되었다. 지금까지 고용한 낭인의 숫자 정도면 충분할 것이다."

"그리 알고 있겠습니다. 그러면 낭인들을 직접 보시겠습니까?"

천일석의 말에 적무광은 고개를 끄덕였다.

"어느 때처럼 빙룡전 앞에 대기시켜라. 반 시진 후에 내가 가겠다."

"명을 받듭니다."

대답을 들은 적무광은 물러가라는 듯 가볍게 손짓했다. 천일석은 들어왔을 때처럼 고개를 깊이 숙여 포권을 취한 후, 뒷걸음질로 조심스레 밖으로 나갔다. 홀로 남은 적무광은 다시 태사의에 몸을 기대며 스륵 눈을 감았다.

빙룡전.

냉혈가의 가주전의 바로 옆에 딸린 건물로 그동안 고용된 낭인들이 머물고 있는 곳이었다. 한 층에 방이 스무 개씩 사 층으로 이루어져 있었는데, 최근 비밀리에 개축을 거쳐 지하에 용도를 알 수 없는 넓은 공간이 있었다.

하지만 삼백오십이 넘는 낭인이 한꺼번에 머물 수 있는 곳이 아니었다. 최근 적무광이 직접 고용한 가솔 십 인을 빼고는 아무도 들어갈 수 없는 곳이라, 내부에서 어떤 일이 벌어지고 있는지 아는 자는 가주를 포함해 열한 명밖에 없었다.

냉혈가의 살림을 맡고 있는 총관, 천일석조차도 빙룡전 내부의 일은 전혀 알지 못했다. 그저 빙룡전 가솔이 요구하는 각종 물품을 공급하고 있을 뿐. 그렇게 비밀이 가득한 빙룡전이 낭인 시장에서 떠도는 소문의 근원이었다.

사실 많아야 백오십여 명을 간신히 수용할 수 있는 빙룡전에 삼백오십이 넘는 인원이 들어간 데다, 가솔 열 명 말고는 밖으로 나오는 이가 없으니 나쁜 소문이 도는 것은 당연한 일이었다.

천일석도 그것이 걱정이 되기는 했지만 적무광이 직접 진행하는 일이라 무어라 토를 달 수 없었다. 특히나 최근 성격이 많이 변한 적무광의 심기를 거슬렀다가는 무슨 큰일을 당할지 모르는 일이었으니.

'가주께서는 도대체 무슨 생각이 있으시기에 이렇게 낭인들을 자꾸 고용하시는 겐지…….'

절로 한숨이 흘러나왔다. 천일석은 연신 한숨을 내쉬며 이번에 고용한 낭인들을 빙룡전으로 인도하고 있었다. 그나마 반 시진 동안 회복에만 열중한 덕인지, 피곤해 보이기는 했지만 낭인들은 별다른 불평 없이 조용히 천일석의 뒤를 따르고 있었다.

반각 정도 지나자 낭인 일행은 빙룡전 앞에 도착했다.

"조금 늦었군."

언제 온 것인지 빙룡전 입구에서 기다리고 있던 적무광이 다가오는 천일석을 보고 말했다. 천일석은 고개를 숙여 포권을 취하며 소리쳤다.

"가주를 뵙습니다!"

천일석의 높은 외침에 그 뒤를 따르던 낭인들도 얼떨결에 적무광을 향해 포권을 취했다. 적무광은 흉험한 눈빛으로 낭인들을 하나하나 살폈다. 그러다 다른 이들과 조금 달라 보이는 한 낭인에게 잠시 시선을 멈췄다.

사진량이었다.

그동안의 험한 인생이 얼굴에서부터 확 드러나는 다른 낭인들과는 달리 사진량의 인상은 작은 촌락의 농사꾼같이 평범해 보였다. 얼핏 보기에는 무공도 별 볼일 없어 보였다. 그런데 끝까지 버텼다니, 인상과는 달리 독한 면이 있는 모양이었다. 이내 적무광의 시선은 다른 낭인에게로 향했다. 워낙에 평범한 인상이라 그리 관심이 가지 않았다.

열일곱 낭인의 면면을 모두 본 적무광이 천천히 입을 열었다.

"먼 곳까지 오느라 모두 수고가 많았다. 오늘부터 너희들은 이곳, 빙룡전에서 지내게 될 거다. 반드시 지켜야 할 점은 내가 따로 말하기 전까지는 절대 빙룡전 밖으로 나가서는 안 된다는 것이다. 창도 열지 말고 모든 것을 빙룡전 안에서 해결해라. 필요한 것이 있으면 빙룡전 가솔에게 부탁을 하면 구해다 줄 것이다. 질문이 있나?"

"언제까지 저 안에서만 지내야 하는 겁니까?"

"내가 됐다고 할 때까지. 그게 싫으면 지금 당장 돌아가는 게 좋을 거야."

적무광의 말에 낭인들을 잠시 서로 웅성거리며 대화를 나누었다. 하지만 누구도 떠나겠다고 하는 자는 없었다.

"따로 할 일은 없습니까?"

"그것도 내가 필요할 때에 따로 얘기하겠다. 지금 저 안으로 들어가면 내가 허락하기 전까지는 절대 밖으로 나오지 못한다. 다시 한 번 묻지. 지금 당장 돌아갈 자는 없나?"

역시나 아무도 대답하지 않았다. 어쩐지 생각했던 것보다 훨씬 이상한 일이었지만, 다른 일에 비해 보수가 아주 높은 편이라 놓치고 싶지 않았다. 누구도 떠날 기미를 보이지 않자 적무광은 입꼬리를 말아 올리며 말을 이었다.

"좋아. 다들 결정을 내린 것 같으니 이제 모두 빙룡전으로 들어가라. 빈 방은 많으니 원하는 곳에서 지내면 될 것이다."

말을 마친 적무광은 그대로 휙 돌아서서 가주전으로 걸음을 옮겨갔다. 낭인들은 자신들의 예상과는 다른 일에 저마다 잡담을 나누며 천천히 빙룡전으로 걸어 들어가기 시작했다. 사진량은 가주전으로 향하는 적무광을 흘낏 쳐다보고는 다른 낭인들을 따라 빙룡전 안으로 들어갔다.

첫날 저녁.

식사는 고기와 술이 가득한 진수성찬이었다. 낭인들은 저마다 입맛에 맞는 음식을 골라 먹으며 만족스러운 식사를 마쳤다.

하지만 사진량은 아무것도 먹지 않고 그저 물만 조금 마셨을 뿐이었다. 차려진 음식 전부 다 이전에 노숙할 때에 육포죽에서 느껴진 이질적인 향신료의 냄새가 느껴진 탓이었다. 그나마 물에는 아무것도 타지 않아 마실 수 있었다.

모두가 정신없이 만찬을 즐기는 사이, 사진량은 가만히 빙룡전 내부를 살폈다. 이상한 점이 한두 가지가 아니었다. 가장 이상한 것은 자신들 이전에 고용된 삼백오십여 낭인의 행방이었다. 누구도 밖으로 나오는 것을 본 사람이 없다면 그들은 대체 어디로 사라졌단 말인가.

그리고 십 인의 빙룡전 가솔도 이상했다. 눈빛이 검게 죽어 있는 데다 말도 한마디 하지 않고 그저 묵묵히 일만 했다. 게다가 무공을 배운 것 같지는 않았지만, 기묘한 기운을 풍기고 있었다. 게다가 열 명이 모두 한자리에 있는 것을 본 적이 한 번도 없었다.

'흐음, 아무래도 한동안 자세히 지켜봐야겠군.'

일전에 냉혈가가 적혈가의 영역을 집어삼키려다 아무 이유 없이 물러난 것이 어쩌면 빙룡전에서 벌어지는 일과 관련이 있을지도 모른다는 생각이 들었다. 그 배후에 무언가가 있을 거라는 직감이 들었다. 그것이 마도의 입김이 닿은 것인지는 확실하지 않았지만.

비싼 비용을 지불해 가며 인피면구를 만들어 천뢰일가 밖으로 나오기를 잘했다는 생각이 들었다. 천뢰일가 내에서는 이런 일을 절대 알아내지 못했을 터이니. 문득 자신의 얼굴을 한 채 투덜거리고 있을 남궁사혁이 떠올랐다.

겉보기에는 경박스러워 보이지만 책임감 하나는 남 다른 남궁사혁이었다. 불평을 하더라도 자신이 맡은 바 역할에는 최선을 다하고 있을 것이 틀림없었다. 사진량은 나직이 한숨을 내쉬며 속으로 중얼거렸다.

'들키지 않게 잘하고 있겠지?'

*   *   *

후비적!

"에이, 누가 어디서 내 욕이라도 하나?"

남궁사혁은 갑자기 가려운 귓구멍을 계지로 후비며 중얼거렸다. 인피면구를 뒤집어 쓴 채 심드렁한 얼굴을 한 남궁사혁의 모습을 사진량이 봤다면 대번에 주먹을 날려 버렸을지도 모르는 일이었다.

第七章
무너지는 빙룡전

　"크흐흐, 이 목두충(木蠹蟲: 굼벵이)에 내공을 주입해 터뜨리면 냉혈가주가 오로지 내 말만 듣는 실혼인이 된단 말이지?"

　곡상천은 자신의 손바닥 위에 놓여 있는 목갑 속에서 꿈틀거리는 천잠(天蠶)과 비슷하게 생긴 시커먼 목두충을 바라보며 중얼거렸다.

　"물론입니다, 철혈가주. 덕분에 내공이 크게 증진되었으니, 암명환에 고독(蠱毒)이 섞여 있다는 것은 꿈에도 생각지 못할 것입니다."

"설마 내가 복용한 암명환도 그런 것은 아니겠지?"

곡상천은 살기 어린 눈빛으로 어둠 속의 인영을 쏘아보았다. 어둠 속에서 곧장 대답이 들려왔다.

"그럴 리가 있겠습니까? 감히 철혈가주께 그런 수작을 부리다니요. 있을 수 없는 일입니다."

"정말인가?"

"사실 냉혈가주가 복용한 가짜 암명환에는 고독 말고도 약간의 부작용이 있습니다."

"부작용? 그게 뭐지?"

"암명환을 제조할 때에 쓰이는 재료의 비율을 달리 하면 생기는 부작용입니다만… 일단 성격이 이전과는 달리 인내심이 사라지고 폭급해집니다. 그리고 간헐적으로 의식이 멍해지는 일이 생기지요. 물론 그런 변화를 자신은 절대 느끼지 못하고 주변에서 알게 됩니다. 철혈가주께서는 지금껏 그런 부작용이 없었습니다."

어둠 속 음성의 조용한 설명에 곡상천은 가만히 고개를 끄덕였다. 만약 암명환의 부작용으로 자신의 성격이 변했다면, 철혈가의 총관이나 다른 누군가가 분명 간언(諫言)을 했을 것이다.

하지만 아무도 그런 말을 하는 이가 없었으니 자신에게는 암명환의 부작용이 없었다고 봐야 했다. 그런 생각을 하는 사이 어둠 속의 음성이 이어졌다.

"하지만 아마 지금쯤 냉혈가주는 제 마음에 들지 않는 자라면 그 자리에서 목을 베어버릴 정도로 성격이 변했을 겁니다. 그리고 하루에 한 시진 정도는 의식이 멍해지는 일도 있겠지요. 그 때문에 시간이 지나면 냉혈가주는 점점 신임을 잃게 될 겁니다. 안 그래도 철혈가주께서 혈천강시(血天殭屍)의 제조법을 냉혈가주에게 전하시지 않았습니까? 지금쯤 냉혈가주는 낭인을 고용해 그들을 혈천강시로 만들고 있을 겁니다. 그 사실이 외부에 알려지면 더욱 그가 설 자리는 좁아지게 될 테지요."

"그 자리를 내가 차지한다, 이 말이겠지?"

입꼬리를 살짝 말아 올리며 곡상천이 끼어들었다. 어둠 속 인영이 고개를 끄덕이며 동의했다.

"그런 것이지요. 그렇게 되면 당연히 냉혈가주를 비롯해 그가 제조한 혈천강시 모두 철혈가주의 병력이 될 것입니다. 그 정도면 남은 봉신가를 굴복시키고 천뢰일가까지 넘볼 수 있게 될 것입니다."

"손 안 대고 코를 푸는 격이로군. 누가 세운 계획인지는 모르겠지만, 정말 감탄이 절로 나오는군그래."

곡상천은 천뢰일가의 주인이 된 자신을 떠올리며 싸늘한 미소를 지었다. 곡상천의 생각을 읽은 어둠 속 인영이 슬쩍 말을 던졌다.

"계획대로 진행된다면 천뢰일가는 철혈가주의 것이 될 겁니다."

"크크크, 그런 말은 쉽게 꺼내는 것이 아니야. 부정 탈 수도 있으니 앞으로는 속으로만 생각하라고."

"명심하겠습니다, 가주."

*   *   *

정기 회의가 끝난 후, 남궁사혁과 장일소는 사진량의 집무실에서 밀담을 나누고 있었다. 아무도 접근하지 못하도록 명령을 내려둔 터라, 마음 편하게 이야기를 할 수 있었다.

"허어, 이거야 큰일이로군요. 낭인으로 위장해 냉혈가로 들어간다는 것 이후로 가주로부터 소식이 딱 끊겼으니 말입니다."

"너무 걱정 마십쇼, 장노. 그 자식, 아마도 딴 데 정신 팔고 있느라 연락하는 걸 까먹은 겁니다. 하여간에 무신경한 녀석 같으니라고."

남궁사혁은 사진량의 얼굴로 미간을 찌푸리고 투덜거렸다. 몇 번이나 본 모습이지만 사진량이 절대 짓지 않을 표정이라 장일소는 적응이 되지 않았다. 장일소는 남궁사혁에게서 슬쩍 시선을 피하며 말했다.

"하여간에 냉혈가에서 모종의 음모가 진행되는 것은 틀림없어 보이더군요. 개방에서 낭인 시장을 조사했는데, 냉혈가에 고용된 낭인들은 아무도 다른 곳에서 모습을 보이지 않았다고 합니다. 아마도 아직 냉혈가 내에 있는 것 같은데, 그 모습을 본 자가 아무도 없다고 하니……."

"제대로 조사를 해봐야 할까요?"

"글쎄요. 저희도 가주께서 보낸 연락 덕분에 겨우 알게 된 것이라 섣불리 안건으로 내밀 수는 없을 것 같습니다. 아가씨께서 정보의 출처를 추궁하면 무어라 변명할 것이 없으니 말입니다."

장일소의 말에 남궁사혁은 가만히 고개를 끄덕였다.

"하긴 그도 그렇군요. 뭐, 일단 그 녀석이 거기 있으니까 당분간은 그냥 지켜보고 있는 게 좋겠네요. 종복 놈에게 개방의 눈을 냉혈가에 붙여놔야겠군요."

"그건 제가 말하겠습니다. 남궁 소협은 지금 본가에 없는 사람이니까요. 그렇다고 가주께서 직접 나서실 만한 일도 아니니."

"그러세요, 장노."

"그럼 다녀오겠습니다."

남궁사혁의 동의하자 장일소는 천천히 몸을 일으켜 밖으

로 걸어 나갔다. 안 그래도 근래에는 장일소가 세 사람의 무공 수련을 봐주고 있는 터라, 이렇게 만나러 가는 것이 이상하지 않았다.

어느새 혼자 남은 남궁사혁은 깍지를 긴 손으로 뒷머리를 받치고는 몸을 반쯤 누이며 중얼거렸다.

"으아아, 지루해 죽겠네. 가주라는 지위가 이렇게나 따분한 거였구나. 어쩐지 그놈이 자꾸 나가려고 하더니만……. 이딴 자리 때문에 외원 어른들이 날 그렇게 달달 볶지 못해 안달이었으니……. 에효, 가문 박차고 나오길 잘했네."

어린 시절부터 내원의 큰 인물이 되어야 한다며 자신을 닦달하던 어른들을 떠올린 남궁사혁은 저도 모르게 길게 한숨을 푹 내쉬었다.

          *   *   *

"으하아암! 요즘 희한하게 밥만 먹고 나면 자꾸 잠이 온다니까. 광호, 넌 안 그러냐?"

함께 지내는 동안 조금 가까워진 검흔 낭인, 홍규가 물었다. 광호라 불린 사내, 사진량은 하품하는 시늉을 하며 고개를 끄덕였다.

"그러니까 말입니다. 워낙에 진수성찬이다 보니 식곤증도

심한 가봅니다."

"그치? 그나저나 이거 이래도 되나 싶구먼. 아무것도 안 하고 그냥 먹고 자고만 하는데 한 달에 금자 닷 냥이라니. 밖에 못 나가서 좀 답답하긴 해도 그냥 거저먹기 아냐? 도대체 무슨 생각으로 우릴 고용한 거지?"

홍규는 연신 하품을 하면서도 그동안 느낀 의문을 늘어놓았다. 같은 처지인 사진량으로서는 아무런 대답도 할 수 없었다. 그저 맞장구를 치는 수밖에 없었다.

"글쎄요? 뭐, 돈 있는 양반들 심사를 저희 같은 무지렁이가 알 수가 있나요."

"하긴 그것도 그렇구만. 으하암! 이거 도저히 안 되겠구만. 저녁때까지 한숨 자야겠어."

기지개를 켜며 길게 하품을 한 홍규는 더 이상 못 버티겠다는 듯 그대로 삼 층에 있는 자신의 방으로 올라가 버렸다. 홍규만이 아니라 다른 낭인들 몇몇도 하품을 하며 방으로 돌아갔다. 어떤 자는 아예 식탁에서 엎드려 코까지 골면서 자고 있었다.

처음 올 때부터 음식에 기이한 향신료가 들어간다는 것을 눈치챈 사진량은 그동안 한 번도 제대로 된 요리를 먹지 않았다. 다른 사람 눈에는 적당히 먹는 것처럼 보이고는 깨끗한 물만으로 연명을 하고 있었다. 자기 전에 운기행공으로 허기를 몰아내는 터라 몸 상태는 그리 나빠지지 않았다.

'도대체 무슨 향신료길래 다들 저렇게 잠만 자는 건지……'

사진량은 하품하는 시늉을 하면서도 흘끔흘끔 주위를 살폈다. 빙룡전의 특이한 구조 때문에 은밀히 이동하기 힘든 터라 그동안 제대로 조사도 하지 못한 사진량이었다. 무언가 온당치 못한 속셈이 있는 것은 분명한데 그것을 알아낼 수 없었다.

빙룡전을 운영하는 열 명의 식솔은 다섯 명이 교대로 밤잠도 자지 않고 낭인들을 감시하고 있었다. 음식에 섞여 있는 기이한 향신료에 취해 매번 깊은 잠에 빠지는 낭인들은 그것을 전혀 눈치채지 못했다.

한 번은 자다 깬 척하고 한밤중에 방을 나온 적이 있었다. 그때마다 불침번을 서고 있는 식솔 하나가 잽싸게 다가와 왜 나왔냐고 물어대는 통에 섣불리 움직일 수 없었다.

하지만 그런 감시의 눈도, 시일이 지나자 조금씩 허술해지는 것 같았다. 잠자는 시간이 조금씩 늘어나면서 생긴 변화였다. 이대로 며칠만 더 지나면 충분히 은밀히 조사를 할 틈이 생길 터였다.

"으하아암, 나도 잠이나 자야겠군."

하품과 함께 그렇게 중얼거리며 사진량은 감시자 역할을 하고 있는 식솔을 흘끔 쳐다보았다. 조금 전까지는 낭인들의 시중을 들고 있던 자들이 지금은 무표정한 얼굴을 한 채 그 자리에 가만히 서 있었다.

사진량은 곧장 자신의 방으로 돌아가 침상 위에 벌렁 드러누워 눈을 감고 자는 시늉을 했다.

기감이 뛰어난 자에게 들키지 않도록 은밀히 내공을 널리 퍼뜨려 오감을 확장시킨 사진량은 빙룡전 전체의 움직임을 확인했다. 열 명의 식솔을 제외한 낭인들은 모두 여기저기 널브러져 잠들어 있었다.

일다경 정도 시간이 지나자 누군가 빙룡전 안으로 들어왔다. 전해지는 기파로 보아 냉혈가주인 적무광 같았다.

잠든 낭인들을 감시하고 있던 식솔 중 두엇이 적무광에게 다가갔다. 적무광이 무어라 말하는 것 같아 사진량은 가만히 귀를 기울였다. 적무광의 낮은 음성이 들려왔다.

"하루 수면 시간은 어느 정도냐?"

"지금은 식후에 한 시진 동안 자는 편입니다. 저녁 식사 후에는 이른 아침까지 내리 잠들어 있으니 하루에 족히 일곱 시진은 자는 것이지요."

그동안 낭인들과는 한마디도 나누지 않던 가솔 중 누군가가 적무광의 질문에 대답했다. 적무광의 말이 곧장 이어졌다.

"수면 시간이 평균 아홉 시진이 되어야 한다. 그래야만 다음 작업에 들어갈 수 있으니."

'아홉 시진? 그리고 다음 작업이라니. 그건 또 무슨 소리지?'

아직 무슨 말인지 알 수 없었지만 사진량은 적무광의 말을 머릿속에 담아두었다.

"평균 아홉 시진이 되려면 스무 날 이상의 시일이 걸릴 겁니다."

"서두를 순 없나? 약을 늘리면 가능할 것 같은데."

"약에 내성이 생겨 진행이 더디긴 합니다만, 갑자기 양을 늘릴 수는 없습니다. 자칫하다간 잠든 채로 목숨을 잃게 되니까요. 이번이 마지막이 될 거라고 하셨으니 실패를 최대한 줄여야 하지 않겠습니까?"

"하긴 그도 그렇군. 시일이 오래 걸리는 것이 마음에 들진 않지만, 모두 내 수족이 될 자들이니 하나라도 더 많이 성공하는 것이 좋겠지."

"너그러이 이해해 주셔서 감사합니다, 가주."

"그나저나 이전의 것들은 다 완성되어 가는 겐가?"

"처음 시도한 오십 중 서른둘이 최종 단계를 지나 완성이 되었습니다. 나머지 삼백은 최종 단계를 앞둔 것이 육십에 그전 단계에 막 들어간 것이 일흔여덟, 나머지가 삼 단계를 마무리 중입니다. 처음에 시행착오가 좀 있었지만 이제는 그것을 보완했으니 완성되는 것이 더 많아질 겁니다."

"열여덟이나 실패한 것이 아쉽군. 그 정도 숫자라면 문파 하나 정도는 쉽게 지워 버릴 수 있을 텐데."

"처음 시도한 것이니 시행착오는 어쩔 수 없는 일이지요. 하지만 이제 요령을 대충 알았으니 실패는 줄어들 겁니다."

"최소한 이백 이상은 성공해야 할 것이야."

"가주께 실망을 드리지 않도록 노력하겠습니다."

"좋아. 내 기대하고 있겠다. 다음에 올 때에는 실패를 많이 줄였다는 소식을 듣고 싶군."

그 말을 남긴 채 적무광의 기척은 빙룡전에서 천천히 멀어 졌다. 사진량은 빙룡전 내부에 넓게 퍼뜨린 기감을 거둬들이 며 나직이 한숨을 내쉬었다.

그 순간 공기의 흐름이 미묘하게 달라진 것을 깨달았다. 사 진량은 다시 기감을 퍼뜨려 공기의 흐름을 좇았다.

후우우우―!

빙룡전 내부에서 흐르던 공기가 바닥의 틈새로 빠르게 빠 져나가는 것이 느껴졌다. 그리고 아래 깊은 곳까지 그 흐름이 이어지며 지하에 있는 넓은 공간을 사진량에게 알려주었다. 통로가 좁고 빙룡전의 입구 근처에 지하로 이어진 문이 있어 서인지 그동안 알아채지 못하고 있던 것이었다.

'지하에 넓은 공간… 뇌옥 같은 건 아닌데……'

사진량은 의문을 느끼며 기감을 거둬들였다. 지금까지 아무것도 하지 못했는데 그저 누워 있는 것만으로 얻은 것이 많았다. 사진량은 잠이 든 척 몸을 한 차례 뒤척이며 적무광이 했던 말을 떠올렸다.

'약을 쓰고, 모두 수족이 된다라…… 최종 단계가 어쩌고 하면서 말한 숫자는 그동안 이곳으로 온 낭인들의 숫자일 테고… 열여덟 정도의 숫자로 웬만한 문파 하나를 가볍게 지운다…… 지하의 넓은 공간… 사라진 낭인 삼백오십여……'

순간 퍼뜩하고 한 가지 생각이 사진량의 뇌리를 스쳤다. 만약 자신의 생각이 맞다면 적무광은 해서는 안 될 일을 시작한 것이었다.

살아 있는 사람을 주재료로 하는 강시의 제조.

그것을 사진량은 오래전 마라천의 근거지를 무너뜨릴 때에 불에 태운 마도의 서책 중에 그런 내용이 있었다는 것을 떠올렸다.

보통 강시는 한기가 강한 음지에서 썩지 않고 오랫동안 묻혀 있던 시체를 이용해 만드는 것이었다.

하지만 마라천에서 사진량이 본 것은 달랐다. 살아 있는 사람을 특수한 약물로 가사 상태로 만들어 이후 침술을 비롯한 몇 가지 단계를 거쳐 몸을 강화하고 이지를 마비시켜 강시로 만든다. 약간이라도 내공이 있는 자를 강시로 만들 경우, 금강불괴지체에 가까운 강도를 지닌 강력한 강시가 될 수 있었다.

당시 혹시나 남겨둬야 하는 중요한 것이 없나 대충 훑어본 것이라 정확하게는 생각나지 않았다. 하지만 조금 전 적무광이 한 말과 절묘하게 맞아떨어지고 있었다.

'강시 제조… 그것도 마도의 방법이라는 것은…….'

사진량은 저도 모르게 으득, 소리가 나게 이를 깨물었다. 봉신가 내부에 마도의 간자가 숨어 있는 것과는 차원이 다른 문제였다.

봉신가의 가주가 마도와 내통을 하고 있었다니. 하지만 확증은 없었다. 그저 적무광이 한 말과 상황, 그리고 사진량 자신의 기억으로 추론해 낸 것일 뿐이었다.

앞으로의 조사가 중요했다. 만약 적무광이 마도와 내통한 것이 사실이라면 그냥 내버려 둘 수는 없는 노릇이다. 냉혈가를 자신의 손으로 무너뜨리게 된다 해도 어쩔 수 없는 일이었다.

'아직 확실한 것은 하나도 없다. 냉정해지자. 냉정해져야 한다.'

그렇게 몇 번이고 되뇌며 사진량은 차분히 마음을 가라앉혔다.

열흘이라는 시간이 쏜살처럼 빠르게 지났다. 이제 낭인들의 평균 수면 시간은 하루에 거의 여덟 시진에 가까워져 있었다. 매일같이 먹고 자기만 하는 데도 이상하게 살은 찌지 않았다. 오히려 근육이 더욱 발달하고 튼튼해졌다.

이상한 일이었지만 낭인들은 아무도 자신의 변화를 눈치채지 못했다. 그저 멍한 눈으로 빙룡전 내부를 어슬렁거리다가 배가 고프면 식당으로 가고, 잠이 오면 방으로 돌아가거나 그 자리에 쓰러져 잠들곤 했다. 반쯤 영혼이 빠져나간 것 같은 꼬락서니였다.

사진량은 최대한 눈에 띄지 않게 다른 낭인들처럼 행동했다. 물론 음식은 먹는 시늉만 하고 몰래 품속에 감춰뒀다가 방으로 돌아가 내공으로 태워 버렸다. 다행히도 여전히 물만은 깨끗했다.

오랫동안 음식을 먹지 못해 내장이 상할 수도 있었지만, 운기행공으로 허기를 몰아내고 내공으로 속이 상하는 것을 막고 있었다.

이제 평균 수면 시간이 목표치에 가까워진 데다 낭인들이 약에 중독되어 하루 종일 멍한 상태가 되자, 감시의 눈길이 절반 이하로 줄어들었다. 이제는 한밤중에는 두 명이 한 시진씩 교대로 감시하고 있었다. 빙룡전을 상세히 조사할 수 있는 기회였다. 더 시간을 끌었다가는 무슨 일이 생길지 모르는 일이었으니.

'오늘 밤, 감시 교대를 틈타 조용히 방을 빠져나가야겠군. 그러고 보니 정기 연락을 이곳에 오기 전에 한 번밖에 못 했군. 뭐, 어쩔 수 없지.'

사진량은 비틀거리는 걸음으로 천천히 자신의 방으로 향했다. 저녁 식사를 막 마친 참이라 다른 낭인들은 지금부터 아침까지 줄곧 잠들어 있을 터였다. 이제 막 잠이 든 참이니 깊이 잠들 때까지 기다렸다가 움직일 생각을 하며 사진량은 차분히 기감을 널리 퍼뜨렸다.

"드르렁! 쿠울~!"

"음냐! 더는 못 먹어! 못 먹는다고오~!"

"드르렁! 큭!"

코를 골거나 잠꼬대를 하는 소리가 들려왔다. 다들 잠이든 지 두 시진이 넘게 지난 터라 어지간한 소동에도 쉽사리 깨어나지 않을 것이다.

사진량은 소리 나지 않게 조심스레 몸을 일으켰다. 막 불침번을 교대하고 있는 기척이 느껴졌다.

스슥!

사진량은 방 안에 들어올 때 살짝 열어둔 문을 통해 소리 없이 밖으로 나왔다. 복도는 아무 곳에서나 잠들 수 있게 희미한 불빛만 있었다. 달빛보다는 조금 나을 정도라 그리 밝지 않았다. 사진량은 안력을 높이고 벽에 기댄 채 잠들어 있는 낭인의 그림자에 몸을 숨겼다.

마침 불침번이 교대를 하고 있었다. 사진량은 발소리를 죽여 바람처럼 교대를 하고 돌아가는 불침번의 뒤를 바짝 쫓았다. 그러다 주위에 널브러진 낭인들을 방패 삼아 이리저리 이동한 끝에 목표로 하던 지하 통로의 입구에 닿았다.

그동안 기감을 널리 퍼뜨려 지하 통로를 오가는 방법을 알아낸 사진량은 그 자리에서 멈춰 선 채로 고개를 살짝 돌렸다. 지하 통로의 문이 열릴 때에 들리는 약간의 소음을 감추려면 어쩔 수 없었다.

'너희가 잠시 소란을 피워줘야겠다.'

조금 떨어진 곳에서 잠든 낭인들을 흘낏 본 사진량은 그대로 손가락을 몇 번 튕겨냈다. 보이지 않는 암경이 뻗어나가 잠든 낭인들의 통각 혈도를 두드렸다.

"끄어억!"

"크허억! 우켁!"

별다른 이상은 없지만 통증만을 강하게 느끼게 하는 혈도를 건드린 탓에 사방에서 일제히 비명이 터져 나왔다. 그 틈을 타 사진량은 지하 통로의 입구를 열었다.

빙룡전 입구 바닥에 깔린 무거운 포석이 바로 지하 통로 입구였다. 깊이 잠든 낭인들이 갑자기 비명을 질러대자 불침번이 당황해 이리저리 오가며 상황을 살폈다. 이미 사진량은 지하 통로로 몸을 던지고 난 후였다.

쿠쿵!

지하 통로의 입구인 무거운 포석이 저절로 닫히며 낮은 충격음이 터져 나왔다. 하지만 낭인들의 비명 덕분에 그 소리를 들은 이는 아무도 없었다.

똑! 똑!

어둡고 습한 지하라 물방울이 떨어지는 소리가 조용히 울렸다. 사진량은 불씨 하나 없는 어둠 속에서 조금의 망설임도 없이 걸음을 내디뎠다. 이끼가 낀 계단이 아래로 쭉 이어져 있었다.

저벅! 저벅!

걸음을 옮기는 사진량은 코끝을 자극하는 시큼한 냄새를 맡고는 살짝 인상을 찌푸렸다. 화골산의 주재료인 초산인 것 같았다.

아래로 내려갈수록 시큼한 냄새는 더욱 강해졌다. 보통 사람이라면 어지러움을 느끼고 쓰러질 정도로 지독했다. 눈도 쓰라릴 지경이라 사진량은 내공으로 얼굴을 보호하며 계단을 내려갔다.

좁은 계단 통로 아래에서는 희미한 빛이 새어 나오고 있었다. 사진량은 그대로 바닥을 박차고 단숨에 빛이 새어 나오는 곳까지 뛰어내렸다.

쿵!

바닥에 착지한 사진량은 몸을 일으켜 천천히 주위를 둘러보았다. 빙룡전의 한 층 너비보다 훨씬 넓은 공간이 지하에 펼쳐져 있었다. 한쪽의 길이가 얼핏 보기에도 삼십여 장은 되어 보이는 정방형 공간이었다.

보아하니 원래 지하에 있던 공동(空洞)을 빙룡전과 이어지는 통로를 파고 조금씩 넓혀서 지금의 형태가 된 것 같았다. 거칠게 깎아낸 벽에는 삼 장 간격으로 횃불이 타오르며 주위를 밝히고 있었다.

"이, 이건!"

주위를 둘러보던 사진량이 낮게 신음했다.

지하 공동을 지탱하고 있는 다섯 개의 바위기둥을 중심으로 그 주위에는 피부가 시퍼렇게 변한 수백 명의 사람이 알몸으로 바위를 깎아 만든 침상에 누워 있었다. 미세한 호흡이 느껴지기는 하지만 모두 가사 상태에 빠져 있는 것 같았다.

사진량은 굳은 얼굴로 가장 가까운 곳에 있는 사람에게 다가갔다. 아직은 원래 피부의 색이 조금 남아 있긴 했지만 체

온은 거의 느껴지지 않았다. 사진량은 손가락을 튕겨 누워 있는 사내의 혈도를 자극했다.

아무런 반응이 없었다.

살아 있는 사람이라면 분명 통증을 느끼거나 몸을 꿈틀거리기라도 해야만 했다. 그런데 아무런 움직임도 없었다. 사진량은 가지런히 누워 있는 사람들 사이를 지나며 쉬지 않고 수십, 수백 다발의 지풍을 내쏘아 혈도를 자극했다.

팍! 파파팍! 파파파팍!

하지만 여전히 누워 있는 자들은 아무런 반응도 없었다. 미약하지만 호흡이 있고, 맥박이 뛰고 있는 살아 있는 인간이었다. 그런데 마치 시체처럼 아무런 반응이 없다는 것은⋯⋯.

'역시⋯ 생강시(生殭屍)를 만드는 것이었나?'

사진량은 질끈 아랫입술을 깨물었다. 설마 했던 최악의 가정이 사실이었다. 생강시를 만드는 술법은 아무리 좋게 봐주려 해도 마도에서 유래된 것이다. 결국 천뢰일가의 다섯 기둥 중 하나인 냉혈가의 가주 적무광이 마도와 내통했다는 것이나 마찬가지였다.

쿠구구⋯⋯!

그때였다. 지하 공간 끄트머리에서 커다란 돌문이 열리고 안에서 세 사람이 밖으로 나왔다. 눈 부분만 남긴 채 얼굴 전체를 두꺼운 무명천으로 가리고 있는 자들이었다. 세 사내는 검은 피가 묻은 장갑을 벗어 던지다가 사진량을 발견하고는 소리쳤다.

"헉! 누, 누구냐!"

"대체 어떻게 이곳을……!"

세 사람이 무어라 반응하기도 전에 사진량은 망설임 없이 그들을 향해 달려들었다. 그리고 자비심 없는 손길로 두 사내의 목을 그대로 분질러 버렸다.

우드득! 콰직!

섬뜩한 파골음이 터져 나왔다. 눈 깜짝할 사이 자신의 눈앞에서 벌어진 일에 남은 한 사내는 너무 놀라 다리에 힘이 풀려 그 자리에 풀썩 주저앉았다. 아랫도리가 뜨뜻해지는 것이 실금한 것 같았다.

사진량은 목을 꺾어 죽여 버린 두 사내의 시신을 아무렇게나 휙 내던지며 주저앉아 버린 사내를 내려다보았다.

"설명할 입은 하나면 충분하지. 안 그런가?"

주저앉은 사내는 차마 저항할 생각조차 하지 못하고 그저 바르르 떨리는 눈으로 고개를 끄덕였다. 사진량은 천천히 주위를 둘러보며 물었다.

"네놈들… 여기서 무슨 짓을 하고 있었지?"

다시 한 번 사진량은 주저앉은 사내를 쳐다보았다. 사진량

과 눈이 마주치자 흠칫 어깨를 떤 사내는 이내 더듬거리며
입을 열기 시작했다.

"이, 이곳은 냉혈가주의 명령으로 혀, 혈천강시를 제조하는
고, 곳입니다."

"혈천… 강시?"

시육주법(屍肉呪法).

사진량은 진한 혈향이 가득한 최종 가공실의 구석에 있는
탁자에 놓인 서책을 가만히 내려다보았다. 얼핏 보기에도 표
지 자체가 사람의 가죽으로 만든 것처럼 곰팡이 얼룩과 시
취(屍臭)가 가득했다.

천천히 손을 뻗어 서책을 펼치자 그림과 함께 혈천강시의
제조법이 상세히 적혀 있었다.

원래 두꺼운 책에서 혈천강시 제조법만 찢어낸 듯 맨 뒷장
에는 새로 제본한 흔적이 남아 있었다. 혈천강시 제조법은 자
신이 마라천에서 본 강시 제조법과 매우 흡사했다. 뿌리가 같
은 술법이라고 확신할 수 있을 정도였다. 사진량은 그대로 서
책을 움켜쥐었다.

화르륵!

절로 내공의 불길이 일어 순식간에 서책을 재로 만들어 버
렸다. 손아귀에 남은 재를 털어버리고 사진량은 주위를 둘러

보았다.

진한 혈향은 한쪽 구석에 아무렇게나 널브러져 가슴이 쩍 갈라진 시체 더미에서 전해지고 있었다. 길게 갈라진 가슴에서 쏟아져 나온 내장에 반쯤 굳은 피가 진득하게 들러붙어 있었다.

보아하니 최종 단계를 거친 후, 혈천강시의 강도 실험에서 탈락한 실패작인 모양이었다. 시육주법의 내용대로라면 완성된 혈천강시는 금강불괴에 가까운 단단한 신체를 지닌다고 되어 있었다. 그렇다는 것은 다른 쪽에 가지런히 누워 있는 회색빛 피부의 혈천강시는 완성된 것이라는 뜻이었다.

"모두 부숴야겠군. 이런 것들이 무림에 나가기라도 한다면 큰 혼란이 찾아올 테니."

사진량은 바닥에 떨어져 있는 피 묻은 녹슨 검을 집어 들었다. 검에 내공을 주입하자 낮은 검명과 함께 순식간에 녹이 벗겨져 날카로운 검날이 드러났다.

우우우웅!

이내 검기를 넘어 영롱한 황금색 검강(劍罡)이 뻗어 나왔다. 사진량은 일렬로 쭉 누워 있는 십여 개의 혈천강시를 향해 검을 내리 그었다.

파카카! 카캉! 빠캉!

허공을 찢어발기는 날카로운 파공성과 함께 혈천강시의 몸에 닿은 검이 박살 나버렸다. 혈천강시는 생채기 하나 나지 않았다.

사진량은 다른 검을 들고 다시 내려쳤다. 결과는 마찬가지였다. 사진량 자신이 만든 흑검이 있었다면 결과는 달라졌을지도 모른다. 하지만 천뢰일가에 두고 온 것을 지금 당장 가져오는 것은 불가능한 일이었다.

"쳇! 싸구려 검으로는 안 된다는 건가?"

혀를 차며 사진량은 내공을 끌어 올려 검결지(劍訣指)를 뻗었다. 그 어느 강철로 만든 것보다 날카롭고 단단한 검이 손끝에서 뻗어 나왔다. 사진량은 망설임 없이 검결지를 이리저리 내리 그었다.

파파파팍! 쾅! 콰쾅!

파공성과 함께 커다란 폭음이 연이어 터져 나왔다. 하지만 그럼에도 혈천강시를 벨 수 없었다. 금강불괴에 육박하는 강도의 신체라고 쓰여 있던 것이 정말인 것 같았다. 사진량은 검결지를 거두며 나직이 중얼거렸다.

"너무 단단해서 벨 수 없다면… 내부를 파괴해 주마."

좀 전과는 달리 사진량은 가볍게 혈천강시의 가슴에 손을 얹었다. 그리고 한순간 내공을 끌어 올려 한 점에 내공을 집중했다.

피륙을 상하게 할 수 없으니 남은 것은 침투경뿐이었다. 사진량의 막대한 내공이라면 혈천강시의 내부를 완전히 파괴할 수 있을 것이다.

쾅! 콰쾅!

역시나 생각대로 침투경은 통했다. 내공을 주입하자 혈천강시의 허리가 활처럼 크게 휘며 내부가 터져 나가는 폭음이 들려왔다. 손이 많이 가긴 하겠지만 혈천강시를 파괴하려면 어쩔 수 없었다.

완성된 혈천강시는 다른 것들과는 달리 피부색이 옅은 회색이라 쉽게 구분할 수 있었다. 완성된 혈천강시를 모두 하나하나 침투경으로 파괴한 사진량은 진득한 피가 묻은 손을 털어내며 천천히 밖으로 나왔다.

아직 밖에는 제조 중인 혈천강시가 이백 구가 넘게 있었다. 그 자리에 서서 가만히 주위를 둘러보던 사진량은 그대로 진각을 강하게 밟았다.

쿵!

바닥에 깊이 박혀 있던 커다란 바위가 진각의 충격으로 허공에 떠올랐다. 사진량은 손을 뻗어 튕겨 나온 바위에 손을 슬쩍 가져다 댄 후, 내공을 주입했다. 바위 내부가 진동하더니 갑자기 커다란 폭음과 함께 날카로운 수백 조각의 칼날이 되어 누워 있는 혈천강시를 향해 날아들었다.

콰쾅! 파파파파팍! 우득! 파과곽!

아직 완성 단계에 닿지 못한 혈천강시라 조금 전과는 달리 뼈가 부러지고 살이 찢겨 나갔다. 터져 나온 피 분수가 비가 되어 쏟아져 내렸지만 사진량은 아랑곳하지 않았다.

두어 걸음 뒤로 물러나 가만히 상황을 지켜보던 사진량은 모든 혈천강시가 파괴된 것을 확인하고는 다시 한 번 방금 전보다 훨씬 강하게 진각을 밟았다. 몇 달 전, 천의문을 무너뜨릴 때처럼 온 힘을 다한 진각이었다.

쿠쿵! 쩍! 쩌저저적!

커다란 충격음과 함께 사진량이 진각을 내리밟은 곳을 중심으로 바닥이 거미줄처럼 사방으로 갈라져 뻗어나가기 시작했다. 지하 공동을 지탱하고 있던 다섯 개의 커다란 바위기둥이 갈라진 지반을 버티지 못하고 하나둘 무너지기 시작했다.

쿠쿵! 쿠쿵! 콰르릉!

이대로라면 지상의 냉혈가에도 큰 여파가 미칠 것이 틀림없었다. 사진량은 자신에게로 무너지는 바위기둥을 가만히 지켜보다가 바닥을 박차고 뛰어오르더니 바위기둥을 디딤돌 삼아 왔던 길을 되짚어 달려 나가기 시작했다.

파파파팍!

무엇 때문인지 잠시 소란스러웠던 낭인들은 다시 깊은 잠에 빠져들었다. 불침번 두 사람은 소란이 가라앉자 제자리에서 잠든 낭인들을 감시했다. 다시 모든 것이 평소대로 돌아간지 얼마 지나지 않았을 때였다.

쿠르릉!

기둥이 흔들려 그 위에 가득 쌓여 있던 먼지가 바닥에 떨어졌다. 갑작스러운 진동에 불침번 두 사람은 저도 모르게 벌떡 몸을 일으켰다.

지진인가?

서로 눈빛을 교환하며 불침번 두 사람은 고개를 갸웃했다. 뒤이어 낮은 진동과 함께 연이은 폭발음이 희미하게 들려왔다.

쿠르릉! 쾅! 콰쾅!

저 아래 깊은 곳에서 전해지는 것 같은 소리였다. 순간 불침번 두 사람의 낯빛이 어두워졌다. 동시에 같은 생각을 떠올린 것이다. 둘 중 하나가 무거운 입을 열었다.

"서, 설마……?"

일시에 두 사람의 시선이 빙룡전 입구에 놓여 있는 무거운 포석으로 향했다. 섣불리 다가가지 못하고 두 사람은 그저 가만히 포석을 쳐다보기만 했다.

그때였다. 빙룡전 전체가 무너질 듯 크게 바닥이 진동하며 포석이 거칠게 아래위로 들썩이기 시작했다. 엄청난 지진이라도 난 것처럼 바닥이 흔들리자 두 사람은 동시에 버럭 소리쳤다.

"모, 모두 일어나! 죽고 싶지 않으면 당장 일어나서 피해! 어서!"

빙룡전 전체가 쩌렁쩌렁 울릴 정도로 커다란 목소리에 약에 취해 깊이 잠들어 있던 낭인들은 하나둘 깨어나기 시작했다. 하지만 아직 졸린 듯 반쯤 감긴 눈을 부비며 꿈틀꿈틀 몸을 일으켰다. 불침번 두 사람이 다시 한 번 날카롭게 소리쳤다.

"정신 못 차리지? 죽고 싶지 않으면 당장 밖으로 피하라니까!"

그러는 사이 바닥을 뒤흔드는 강한 진동으로 빙룡전의 기둥이 휘고, 방 안의 집기들이 바닥에 떨어져 박살 나기 시작했다.

챙! 와장창! 콰창!

날카로운 파열음이 사방에서 터져 나왔다. 기둥이 휘어버린 지붕에서는 먼지는 물론이고 나뭇조각과 부서진 기와도 떨어졌다. 상황이 이 지경이다 보니 약에 취한 낭인들도 화들짝 놀라 잠에서 깨어났다.

"으어억! 다들 도망쳐! 무, 무너진다!"

"지, 지진이다! 다들 피해!"

먼저 정신을 차린 낭인들은 옆에 있는 동료를 황급히 깨우며 소리쳤다. 일어나지 못하는 자들은 아예 들쳐 업고 빙룡전 밖으로 몸을 날리기도 했다. 그렇게 대부분의 낭인이 빙룡전이 무너지기 전에 무사히 빠져나올 수 있었다.

쿠르릉! 쿠쿵! 콰콰쾅!

마지막 낭인 두 사람이 서로를 부축해 밖으로 나온 순간, 기다렸다는 듯 빙룡전이 한차례 크게 흔들리더니 바닥에 금이 쩍 갈라져 주춧돌째로 지반이 내려앉아 완전히 무너져 버렸다.

사 층짜리 건물인 빙룡전의 지붕이 눈높이보다 아래쪽에 보일 정도로 지반이 완전히 폭삭 주저앉아 버렸다. 사방으로 부서진 나무나 돌 파편이 튀고 먼지가 가득했다.

주저앉은 지반은 빙룡전을 집어삼키고도 조금씩 그 범위를 넓혀왔다. 낭인들은 주춤주춤 뒷걸음질로 물러나며 무너지는 지반에서 멀어졌다.

빙룡전 두 채 정도가 들어갈 수 있을 정도로 커다란 구덩이가 만들어진 후에야 지반의 흔들림이 멎었다.

"끄, 끝난 거여?"

"으헥! 뒈, 뒈질 뻔했네."

"자다가 이게 무슨 날벼락이래? 어우……."

그대로 자고 있었다간 생매장당할 상황이었던 것을 떠올린 낭인들은 저마다 가슴을 쓸어내리며 안도의 한숨을 내쉬었다. 온갖 험한 일을 경험해 온 낭인들이었지만 지진 같은 천재지변(天災地變)으로 목숨을 잃을 거라고는 상상도 할 수 없었던 탓에 등줄기가 서늘해졌다.

"이게 대체 무슨 소란이냐!"

간신히 놀란 마음을 진정시키고 있는 와중, 뒤에서 들려온 커다란 음성에 낭인들은 저도 모르게 고개를 돌렸다. 이글이글 타오르는 눈빛으로 다가오는 적무광의 모습이 보였다. 왠지 모를 살기에 낭인들은 어깨를 움츠리며 고개를 돌렸다.

"가, 가주! 그것이……."

불침번을 서고 있던 태룡전의 가솔 중 하나가 앞으로 달려 나오며 적무광의 앞에 무릎을 꿇었다. 뒤이어 낭인들 사이에 섞여 있던 가솔 여섯이 일시에 달려 나와 적무광의 앞에 부복했다.

"대체 무슨 일이냐고 묻지 않느냐?"

"송구하오나 가, 갑작스러운 지진으로 지반이 내려앉아 그만……!"

가장 먼저 달려 나온 중년 가솔이 대표로 말했다. 그들을 내려다보던 적무광은 혀를 차며 물었다.

"쯧! 너희 말고 나머지 셋은 어디 있는 게냐?"

"그, 그것이……."

중년 가솔은 말꼬리를 흐리며 대답을 얼버무렸다. 그 뜻을 쉽게 알아챈 적무광이 다시 물었다.

"설마… 아래에 있었던 거냐?"

"그, 그렇습니다, 가주. 최종 단계의 강도 실험 때문에……."

"빌어먹을… 갑자기 무슨 지진이……!"

전혀 예상 밖의 사태로 그동안 적무광이 은밀히 준비해 온 비장의 수단이 허무하게 사라져 버렸다.

적무광은 피가 배어나올 정도로 입술을 꽉 깨물었다. 이백 구 이상의 혈천강시를 활용해 오대봉신가를 제압하고 천뢰일 가를 집어삼킬 계획은 시작도 하지 못하고 엉망이 되었다. 그 동안 들인 돈과 시간을 생각하면 분통이 터질 것 같았다. 처 음부터 다시 시작하기에는 그동안 들인 것들이 너무도 아까 웠다.

"어엇! 과, 광호가 없는데? 혹시 누가 광호 녀석 못 봤나?"

그때 낭인들 사이에서 누군가 소리쳤다. 왼쪽 눈에 길게 검 흔이 있는 사내, 홍규였다. 아무리 둘러보아도 자신이 광호라 부르던 사내, 사진량이 보이지 않았다.

"여긴 없는데?"

"나도 못 본 것 같은데? 혹시 방에 혼자 있다가 깔린 거

아냐?"

들려오는 대답에 홍규는 사색이 되어 무너진 빙룡전의 잔해를 쳐다보았다. 지반이 완전히 내려앉은 데다 건물이 제 모습을 몰라볼 정도로 부서진 탓에 방 안에 있었다면 목숨을 건질 수 없었을 터였다. 그래도 이곳에서 나름 친해진 사이인지라 홍규는 저도 모르게 그 자리에 털썩 주저앉았다.

그 모습을 지켜보던 적무광은 왠지 모를 분노가 밀려왔다. 안 그래도 아무것도 얻는 것 없이 엄청난 손해를 본 상황인데 고작해야 낭인 하나 죽은 걸 가지고 호들갑을 떠는 것이 영 마음에 들지 않았다.

끓어오르는 분노를 억누르지 못하고 적무광은 저도 모르게 내공을 끌어 올렸다. 적무광의 눈자위가 시뻘겋게 물들기 시작했다. 손을 뻗어 눈앞의 낭인을 단매에 쳐죽이려는 찰나!

드드드드!

무너진 빙룡전의 잔해가 크게 진동하기 시작했다. 간신히 살아남은 낭인들의 얼굴이 사색이 되어 황급히 뒤로 물러났다.

"으어어! 또, 또 무너진다!"

"머, 멀리 피하자고! 어서!"

호들갑 떨며 다급히 물러나는 낭인들과는 달리 적무광은 시뻘겋게 물든 눈으로 가만히 빙룡전의 잔해를 내려다보았다. 무언가 강렬한 기운이 잔해 아래쪽에서부터 빠른 속도로 다가오고 있었다.

  스릉!

  적무광은 본능적인 경계심에 저도 모르게 검을 뽑아 들었다. 그때 커다란 폭음과 함께 잔해를 뚫고 무언가가 불쑥 허공으로 솟아올랐다.

  투콱! 파파팍!

  동시에 적무광의 시선이 허공으로 향했다. 잔해를 뚫고 튀어나온 것은 축 늘어진 커다란 핏덩이 같은 것을 어깨에 둘러메고 있는 한 사내였다. 얼핏 보기에 별 특징이 없어 보이는 평범한 인상의 사내였다.

  "네놈은 뭐냐!?"

  어쩐지 수상해 뵈는 모습에 적무광은 뽑아 든 검으로 인영을 가리키며 버럭 소리쳤다. 그대로 허공에서 빙글 한 바퀴 공중제비를 돌아 바닥에 착지한 평범한 인사의 사내, 사진량은 어깨에 둘러멘 혈천강시의 시신을 적무광의 발아래에 휙 내던졌다.

  쿠당탕!

  적무광은 시뻘건 안광을 뿜어내며 가만히 사진량을 쳐다

보았다. 다른 사람이 적무광과 눈이 마주쳤다면 단 한순간도 제대로 마주하지 못하고 고개를 돌려 버릴 정도로 섬뜩한 혈 안이었다.

하지만 사진량은 눈 하나 깜짝하지 않고 가만히 적무광과 눈을 마주했다. 적무광이 먼저 입을 열었다.

"이게 뭐지?"

"글쎄. 그건 그쪽이 더 잘 알 것 같은데?"

사진량은 대답 대신 질문을 되돌려 주었다. 적무광의 얼굴이 왈칵 일그러졌다.

평범한 인상의 낭인, 분명 냉혈가로 처음 왔을 때에 잠깐 관심을 가졌던 자였다. 그래봐야 고작 삼류 낭인에 불과한 자가 이렇게 자신의 앞에서 당당하게 서 있다니. 용서할 수 없었다. 적무광은 내공을 끌어 올리며 그대로 사진량에게 달려들었다.

"건방진 놈! 죽어랏!"

폭발적인 기운을 담은 적무광의 검이 허공을 찢어발기며 사진량에게로 날아들었다. 그제야 사진량을 알아본, 홍규가 놀라 소리쳤다.

"과, 광호 네가 왜 거기 있는 거… 위험해! 피해라!"

하지만 사진량은 피하지 않았다. 가볍게 손을 뻗어 무시무시한 기세로 날아드는 적무광의 검을 아무렇지도 않게 맨손으로 잡아버렸다. 황소 수십 마리도 단번에 날려 버릴 것 같은 기세를 지닌 적무광의 검이 덜컥 멈춰 버렸다.

"헉!"

믿기지 않는 일에 적무광은 헛바람을 집어삼켰다. 다급히 검을 빼내려고 했지만 사진량의 손이 마치 강력한 지남철(指南鐵: 자석)이라도 되는 듯 검이 떨어지지 않았다.

아니, 검이 떨어지지 않는 것은 물론 그 자리에서 꼼짝도 할 수 없었다. 마치 아이와 어른이 힘 싸움을 하는 것처럼 적무광은 자신이 무기력하게만 느껴졌다.

"어디 한 번 더 해볼 텐가?"

얼굴까지 붉혀가며 온 힘을 다해 검을 빼내려던 적무광의 귓가에 사진량의 낮은 음성이 날아들었다. 순간 어디선가 들어본 것 같은 느낌이 들었다. 목소리는 처음 들어봤지만 말투나 그 분위기가 익숙하게만 느껴졌다.

적무광은 저도 모르게 멍하니 사진량의 얼굴을 살폈다. 분명 얼마 전에 처음 본 얼굴이었다. 그런데 어째서 익숙한 느낌이 드는 것인가. 답을 알 수 없었다.

그러는 사이 적무광은 절로 흥분이 가라앉아 혈안이 차츰 원래대로 되돌아오기 시작했다.

검을 쥔 손에 힘을 살짝 빼는 순간, 사진량의 왼쪽 볼이 무언가 어색해 보였다. 적무광은 고개를 갸웃하며 그곳을 자세히 살폈다. 볼 살의 일부가 떨어져 나가 있었다. 그런데 그 안에 멀쩡한 새 살이 보였다. 마치 허물을 벗겨낸 뱀처럼 보였다.

"인피면구?"

적무광은 저도 모르게 나직이 중얼거렸다. 사진량이 입꼬리를 살짝 말아 올리며 말했다.

"아아, 빠져나오는 동안 살짝 찢어졌나 보군. 꽤나 비싼 돈을 주고 만든 건데. 아쉽지만 어쩔 수 없지."

사진량은 손을 들어 인피면구를 찢어버렸다. 인피면구로 가려져 있던 사진량의 맨 얼굴을 본 적무광의 눈이 찢어져라 크게 치켜떠졌다.

"헉! 가, 가, 가, 가주께서 여긴 어, 어떻게!"

너무도 예상 밖의 일이라 대경실색한 적무광은 입술이 덜덜 떨려 말을 제대로 할 수 없었다. 사진량은 더 이상 쓸 수 없게 된 인피면구를 찢어 버리며 가만히 적무광을 쳐다보았다.

"그보다 내게 설명해야 할 것이 있을 텐데?"

적무광은 사진량의 시선을 따라 고개를 돌렸다. 조금 전 사진량이 자신의 발아래에 던진 혈천강시의 시신이었다. 적무광의 눈동자가 전에 없이 흔들렸다. 어째서 이 자리에 천뢰일가의 가주인 사진량이 있는 것인지는 전혀 중요하지 않왔다.

그보다 중요한 것은 자신이 마도의 시주육법을 사용해 은밀히 생강시를 만들던 것을 사진량에게 들켰다는 사실이다. 새외의 마도가 중원에 침습하는 것을 오랜 세월 동안 막아온 천뢰일가의 일원인 자신이 마도와 내통하고 있다는 것이나 마찬가지이지 않은가. 물론 시주육법을 알려준 것은 철혈가주인 곡상천이었지만.

지금 그 사실을 사진량에게 다 털어놓는다고 해도 믿어줄지 의문이었다. 아니, 믿어준다고 해도 달라지는 것은 없었다. 자신이 마도의 강시 제조법을 사용한 사실은 변하지 않는 일이었으니.

어떻게 되어도 결과는 똑같다.

호흡을 한번 들이쉬는 그 짧은 순간에 그렇게 결론을 내린 적무광은 질끈 이를 악물었다. 급작스레 내공을 끌어 올리자 다시 눈자위가 시뻘겋게 변하기 시작했다. 뜨거운 화로처럼 끓어오르는 적무광의 기운을 느낀 사진량은 나직이 한숨을 내쉬며 중얼거렸다.

"어리석은……!"

갑자기 시야가 피에 젖은 것처럼 완전히 붉게 물들었다. 치솟는 살기를 억누를 수 없었다.

내공이 범람하는 장강의 물결처럼 거세게 요동쳤다. 눈앞을 가로막는 모든 것을 단숨에 베어버릴 수 있을 것 같은 기분이 들었다. 빈틈없이 꽉 찬 고양감(高揚感), 온몸을 가득 채우다 못해 사방으로 뻗어나가는 미칠 듯한 질주감에 적무광은 그대로 사진량을 향해 검을 내리 그었다.

파콰콰콰콰!

모든 것을 갈라 버릴 것 같은 날카로운 파공성이 터져 나왔다. 조금도 움직이지 않는 사진량의 모습에 적무광은 이를 드러내며 잔혹한 미소를 지었다.

베었다.

틀림없이 베었다.

단숨에 두 조각을 내었다.

그런 확신이 들었다. 적무광은 손에 걸리는 묵직한 감각에 희열을 느꼈다. 지금껏 수많은 사람을 베어왔지만 이 정도의 강렬한 희열은 없었다. 적무광은 그 여운을 느끼기 위해 스륵 눈을 감았다. 순간.

우득!

어이가 없었다.

적무광이 갑자기 무시무시한 기세로 달려들 때에는 주위에 있던 자들이 모두 놀라 피해야만 했다. 하지만 허공을 한 차례 크게 베어버리더니 기이한 표정을 지으며 멈춰 서버렸다. 가만히 그 모습을 지켜보던 사진량이 적무광에게 다가갔다.

적무광은 그대로 스륵 눈을 감아버렸다. 사진량은 내공을 끌어 올려 적무광의 기혈의 흐름을 살폈다. 주화입마에라도 빠진 듯 기혈이 미친 듯 들끓고 있었다.

그 가운데 처음 느껴보는 기괴한 기운이 있었다. 마공이라고 하기에는 확실하지 않고, 그렇다고 정공이라고도 볼 수 없는 기묘한 느낌이었다.

그것이 적무광의 기혈을 더욱 들끓게 하고 있었다. 진정시킬 수 있는 방법은 하나뿐이었다. 사진량은 손을 뻗어 기묘한 기운이 가장 많이 흐르는 적무광의 왼팔을 그대로 꺾어버렸다.

우득!

뼈가 부러지는 파골음이 터져 나왔다. 하지만 그는 통증을 전혀 느끼지 못하는 것 같았다.

사진량은 나직이 한숨을 내쉬며 적무광의 혈도를 점해 들끓는 기혈을 일시적으로 막아버렸다. 내공의 금제를 당한 적무광은 그제야 몸을 부르르 떨더니 그 자리에 풀썩 쓰러져버렸다.

"아무래도 본가에 지원을 요청해야겠군."

사진량은 쓰러진 적무광을 내려다보며 나직이 중얼거렸다.

*　　　　*　　　　*

치직!

무언가 불꽃이 튀는 것 같은 소리가 들려왔다. 곡상천은 가만히 주위를 둘러보다가 한쪽 구석에 갈무리해 둔 작은 목갑을 집어 들었다. 한순간에 불과했지만 불꽃이 튀는 소리는 분명 목갑 안에서 들려온 소리였다.

"도대체 무슨 소리지?"

곡상천은 고개를 갸웃하며 목갑의 뚜껑을 열었다. 그 안에서 꿈틀거리는 목두충이 무엇 때문인지 반이 잘려 나간 것처럼 길이가 줄어들어 있었다. 바닥에 눌린 자국이 있는 것으로 봐선 불에 탄 것 같았다.

"이게 도대체 무슨……?"

이해할 수 없는 현상에 곡상천은 연신 고개를 갸웃했다. 갑자기 등 뒤에서 낯익은 음성이 흘러나왔다.

"혹시나 해서 온 것인데 역시나 일이 생겼군요. 아무래도 냉혈가주의 신변에 무슨 일이 생긴 것 같습니다."

"적 가주의 신변에 이상이……? 설마 목숨이 위태한 것은 아니겠지?"

"그런 것은 아닐 겁니다. 냉혈가주의 목숨이 끊어진다면 이놈도 함께 죽음에 이를 겁니다. 그저 심한 부상을 입은 정도이겠지요."

"심한 부상이라… 적 가주가 그렇게 될 일이 그리 많지 않을 텐데……. 그나저나 혹시나 해서 왔다는 건 무슨 얘기지……?"

"냉혈가주가 제조하던 혈천강시가 파괴된 것 같은 조짐이 보였습니다. 그래서 혹시나 냉혈가주에게도 무슨 일이 생긴 것은 아닐까 싶어 확인차 이렇게 찾아온 것입니다, 가주."

상대의 말에 곡상천은 고개를 갸웃하며 물었다.

"혈천강시가 파괴된 것은 어떻게 안 거지?"

"그것까지는… 아직 말씀드릴 수 없습니다. 나중에 적당한 때가 되면 그때에 말씀드리지요."

"흐음… 그러한가……. 뭐, 지금 그런 사소한 게 중요한 것은 아니지. 자세한 사정은 알 수 없지만 이제 적 가주와 혈천강시를 이용할 생각은 버려야겠군. 다른 계획을 세워야겠어."

곡상천의 말에 등 뒤에서 들려온 기괴한 음성이 빠르게 끼어들었다.

"아닙니다, 철혈가주. 냉혈가주가 복용한 고독은 아직 멀쩡한 데다, 혈천강시도 남아 있습니다."

"좀 전에는 혈천강시가 파괴되었다고 하지 않았던가?"

"후후후, 완성된 혈천강시는 사지를 자르고 강철을 녹일 수 있을 정도의 열기를 쐬지 않으면 제 스스로 회복하게 되어 있습니다. 물론 냉혈가주에게 건넨 시육주법에는 그 사실이 쓰여 있지 않습니다만……."

"완성된 혈천강시가 있다면 얼마든지 활용할 수 있다는 소리로군."

"그러합니다, 가주."

"그러면 새로운 계획을 세우는 것은 일단 보류하고 상황을 살펴보는 게 좋겠군."

곡상천은 가만히 고개를 끄덕이며 싸늘한 미소를 지었다.

*　　　　*　　　　*

빙룡전의 지하.

넓은 동공이 있던 자리는 지반이 내려앉아 크고 작은 바위와 먼지로 가득했다. 그 틈새로 썩은 시체처럼 보이는 사람의 손이 튀어나와 있었다.

투둑! 투두둑!

지반이 내려앉기는 했지만 동공이 완전히 메워진 것은 아니었기 때문에 그 틈새로 돌 부스러기가 아직 떨어지고 있었다.

끼기긱! 후두둑!

지상에서 무슨 일이 있었던 것인지 동공의 천장에 박혀 있던 커다란 바위가 갑자기 바닥에 떨어져 내리며 수십 수백 조각의 돌 부스러기를 사방으로 흩뿌렸다.

작은 돌 부스러기 하나가 바위 틈새로 불쑥 튀어나온 시체의 손에 굴러와 툭, 하고 부딪쳤다.

그 순간!

꿈틀!

『고검독보』 6권에 계속…

초대형 24시 만화방

신간 100%, 샤워실, 흡연실, 수면실(침대석), 커플석, 세탁기 완비

▪ 시흥 정왕25시점 ▪

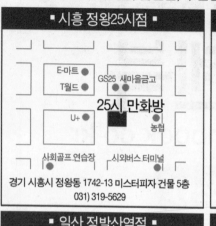

경기 시흥시 정왕동 1742-13 미스터피자 건물 5층
031) 319-5629

▪ 강북 노원역점 ▪

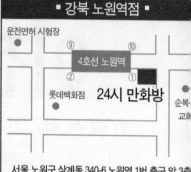

서울 노원구 상계동 340-6 노원역 1번 출구 앞 3층
02) 951-8324 (화용빌딩 3층)

▪ 일산 정발산역점 ▪

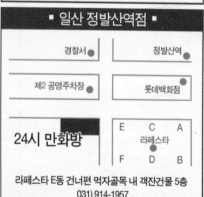

라페스타 E동 건너편 먹자골목 내 객잔건물 5층
031) 914-1957

▪ 일산 화정역점 ▪

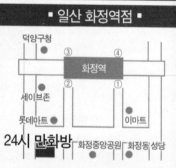

경기도 고양시 덕양구 화정동 984번지 서일빌딩 7층
031) 979-4874 (서일사우나 건물 7층)

▪ 부천 역곡역점 ▪

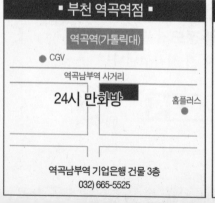

역곡남부역 기업은행 건물 3층
032) 665-5525

▪ 부평역점 ▪

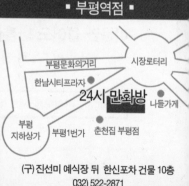

(구) 진선미 예식장 뒤 한신포차 건물 10층
032) 522-2871

보신제일주의

保身第一

FANTASTIC ORIENTAL HEROES

김용진 新무협 판타지 소설

황실 다음가는 권력을 지녔다고 하는
천문단가(千文圍家)에서 오대독자가 태어났다.
그리고 그 아이는 튼튼하게 자라났다.
…굉장히 튼튼하게.

『보신제일주의』

"다 큰 어른들도 하기 힘들어하는 수련인데
공자께서는 요령도 피우시지 않는군요. 대단합니다."
"건강하게 오래 살려면 해야 하는 일이니까요."

취미는 삼 뿌리 씹기, 약탕기는 생활필수품!
그리고 추구하는 건 오로지 보신(保身)!
하지만… 무림의 가혹한 은원은 피할 수 없다.

"각오완료(覺悟完了)다. 살아남아 주마!"

Book Publishing CHUNGEORAM

유행이 아닌 자유추구~
WWW.chungeoram.com

十중星 십자성
전왕의 검

허담 新무협 판타지 소설
FANTASTIC ORIENTAL HEROES

신력을 타고났으나 그것은 축복이 아닌 저주였다.

『십자성 - 전왕의 검』

남과 다르기에 계속된 도망자의 삶.
거듭된 도망의 끝은 북방 이민족의 땅이었다.
야만자의 땅에서 적풍은 마침내 검을 드는데……!

"다시는 숨어 살지 않겠다!"

쫓기지 않고 군림하리라!
절대마지 십자성을 거느린
적풍의 압도적인 무림행이 시작된다!

Book Publishing CHUNGEORAM

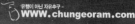

유행이 아닌 자유추구 -
WWW.chungeoram.com

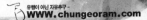

FUSION FANTASTIC STORY

텀블러 장편소설

현대 천마록

천하를 호령하고, 전 무림을 통합한
일월신교의 교주 천하랑.
사람들은 그를 천마, 혹은 혈마대제라고 불렀다.

『현대 천마록』

무공의 끝은 불로불사가 되는 것이라 생각했지만
그로서도 자연의 섭리 앞에선 어쩔 수 없었다!

'그렇게 많은 피를 흘렸음에도 불구하고
죽을 때가 되니 남는 것이 없군그래.'

거듭된 고련 끝에 천하랑의 영혼이
존재하지 않게 된 그 순간
그의 영혼은 현세에서 천마로서 눈을 뜬다!

Book Publishing CHUNGEORAM

유행이 아닌 자유추구 -
WWW.chungeoram.com

GRAND SLAM
그랜드슬램

FUSION FANTASTIC STORY

자미소 장편소설

2016년의 대미를 장식할 최고의 스포츠 소설!!

Career record : 984W 26L
Career titles : 95
Highest ranking : No.1(387weeks)
Grand Slam Singles results : 23W
Paralympic medal record : Singles Gold(2012, 2016)

약 십 년여를 세계 최고로 군림한 천재 테니스 선수.
경기 내내 그의 몸을 지탱하고 있는 것은…… 휠체어였다.

『그랜드슬램』

휠체어 테니스계의 신, 이영석(32).
그는 정상의 자리에서도 끝없는 갈망에 사로잡혀 있었다.

"걷고 싶다, 뛰고 싶다. …날고 싶다!!"

뛸 수 없던 천재 테니스 선수
그에게, 날개가 달렸다!!!

Book Publishing CHUNGEORAM

유행이 아닌 자유추구
WWW.chungeoram.com

GAME BALL

게임볼 설경구 장편소설
FUSION FANTASTIC STORY

무명의 야구인이었던 남자,
우진이 펼치는 야구 감독으로서의 화려한 일대기!

『게임볼』

"이 멤버로 우승을 시키라고?"

가상 야구 게임,
게임볼을 통해 인생 역전을 꿈꾸는

한 남자의 뜨거운 행보에 주목하라!

Book Publishing CHUNGEORAM

유행이 아닌 자유추구 -
WWW.chungeoram.com

FUSION FANTASTIC STORY

서산화 장편소설

Miracle Direction
기적의 연출

천재 영화감독, 스크린 속 세상을 창조하다!

『기적의 연출』

대문호 신명일과 미모로 손꼽히던 여배우 김희수의 아들 신지호.
일가족은 불운한 사고로 인해 크나큰 비극을 겪는다.
이 사고로 섬광 기억(Flashbulb memory)이라는 능력을 얻게 된 그 순간!
그의 모든 게 달라졌다.

"배우의 혼을 이끌어내고, 관중의 영혼을 붙잡아야 합니다.
그게 제 목표입니다."

완전한 감독을 꿈꾸는 신지호,
이제 그의 영화가, 세상을 홀린다!

Book Publishing CHUNGEORAM

유행이 아닌 자유추구 ~
WWW.chungeoram.com